ZUN

"Será o silêncio e nenhuma palavra para dizê-lo."
ANNIE ERNAUX, *Les Années*

"Oh noite clara dia escuro
Minha ausente entre meus braços
E nada mais em mim perdura
A não ser teus sussurros."
LOUIS ARAGON, *Les Lilas*

TRADUÇÃO **Raquel Camargo**

SARAH É ISSO

Pauline Delabroy-Allard

Na penumbra das três horas da madrugada, abro os olhos. Morro de calor, mas não ouso me levantar para abrir um pouco mais a janela. Estou deitada em sua cama, neste quarto que conheço tão bem, perto de seu corpo enfim adormecido, depois de uma longa luta contra as angústias que devoram tudo, cabeça, barriga, coração. Tínhamos falado muito, para distanciá-las, afastá-las nas fronteiras da noite, tínhamos feito amor, eu acariciara seu corpo para acalmá-lo. Deixara minha mão escorregar por seus ombros, depois por seus braços, me aninhando em suas costas e apalpando longamente a carne macia de suas nádegas. Observara em minúcias sua respiração, aguardando que o fôlego curto se tornasse leve, que os soluços de lágrimas se espaçassem, que a paz encontrasse, enfim, seu caminho.

Faz tanto calor neste quarto. Queria me mexer um pouco, sentir o ar em meu rosto. Mas seu corpo toca o meu, sua mão está sobre o meu braço, e mexer colocaria em risco esse edifício que levei tanto tempo para construir. Seu sono é como um castelo de areia. Um movimento e ele desaba. Um movimento e seus olhos se arregalam. Um movimento e é preciso começar tudo de novo. Eu escuto o ronronar da sua respiração cheia de sono, me dá vontade de rir de prazer, de uma alegria por um instante, enfim, reencontrada. Queria suspender a noite e escutar esse sussurro durante horas e horas, dias e dias, pois um sussurro quer dizer *eu vivo*, quer dizer *existo*, quer dizer *estou aqui*. E eu também estou aqui, ao lado.

Meu corpo ardente fica perfeitamente imóvel. Se não destruir o castelo de areia significa morrer de calor, então quero morrer de calor. Lá fora, nesta noite cinzenta que entrevejo pela janela, os pássaros cantam. Parecem uns mil, gorjeando cada um melhor que o outro, cindindo o ar em todas as direções, como os mais hábeis pilotos. Esta noite de calor avassalador é o 14 de Julho deles. Dão piruetas aéreas e fazem a festa, inventando figuras cada vez mais perigosas. Nas árvores longínquas, passarinhos do subúrbio saúdam com seus cantos estridentes o alvorecer que desponta. Vejo suas sombras apressadas no céu turvo. Não me aguento de calor. Espero.

Viro meu rosto para seu corpo inerte, deitado de costas, perfeitamente nu. Detalho a delicadeza de seus tornozelos, os ossos salientes de seus quadris, sua barriga macia e a leveza de seus braços, o arredondado de seus lábios com um sorriso muito discreto. Observo as marcas da doença neste corpo que amo tanto, os pequenos pontos pretos do ventre picado e novamente picado, a cicatriz perto da axila, o orifício sob a clavícula. Olho seu rosto tranquilo, perfeitamente tranquilo, seu queixo altivo, mesmo durante o sono, suas bochechas aveludadas, a linha brusca e surpreendente que seu nariz forma, suas pálpebras arroxeadas enfim fechadas. Olho sua cabeça completamente careca. Na penumbra das três horas da madrugada, eu a vejo dormir.

Nesta noite úmida, não consigo tirar meus olhos de seu corpo nu e de sua cabeça cerosa. De sua silhueta de morte.

I

1

Sarah é isso, sua beleza inédita, seu nariz abrupto de pássaro raro, seus olhos de uma cor inaudita, rochosa, verde, não, verde não, seus olhos cor de absinto, de malaquita, verde-escuro acinzentado, seus olhos de serpente de pálpebras caídas. É assim a primavera em que Sarah entrou na minha vida como quem entra em cena, cheia de vigor, conquistadora. Vitoriosa.

2

É uma primavera como outra qualquer, de deixar qualquer um melancólico. Há flores de magnólia nos parques parisienses, e tenho para mim que é de rasgar o coração daqueles que as observam. A mim me rasgam o coração as flores de magnólia no parque. Eu as olho, a cada noite, na saída do colégio, e a cada noite suas grandes pétalas pálidas me ardem um pouco os olhos. É uma primavera como outra qualquer, com pancadas de chuva repentinas, o cheiro de asfalto molhado, uma espécie de leveza no ar, um sopro de alegria que murmura o quão tudo é frágil.

Nesta primavera, eu sigo como um fantasma. Levo uma vida que não pensava em levar, uma vida sozinha com uma criança cujo pai desapareceu assim, sem mais. Um dia, mais exatamente uma noite, ele saiu do apartamento e depois. E depois mais nada. Como é possível que de um dia para o outro, quer dizer, *literalmente* de um dia para o outro, entre duas pessoas que se amam há tantos anos, possa não haver mais nem olhar, nem fala, nem diálogo, nem discussão, nem raiva, nem cumplicidade, nem ternura, nem amor. É essa loucura, essa aberração que me constitui dia após dia. Eu acho que a vida vai parar aqui. Não espero nada nem ninguém. Tem um rapaz novo na minha vida, um búlgaro. Quando falo dele, digo *meu companheiro*. Ele me acompanha e pronto, é isso, ele me acompanha nessa vida doída. Aguardo. Uma palavra circula de modo lancinante em minha cabeça, latência. Penso que deveria procurar a definição no dicionário. Sei que estou vivendo um momento de latência. Não sei quanto tempo vai durar nem como acabará. Por enquanto, todos os dias se assemelham um pouco, entre as minhas obrigações de jovem mãe, minhas obrigações de jovem professora, minhas obrigações de filha, de amiga, de namorada do rapaz búlgaro. Me esforço para viver a vida. Não a vivo de fato. Mas sou boa aluna. Me empenho. Me visto bem, sou educada, charmosa. Percorro as ruas do décimo quinto *arrondissement* de bicicleta, minha filha em uma cadeirinha atrás de mim. Vamos ao museu, ao cinema, ao Jardin des Plantes. Estou bonita, dizem que sou gentil, atenciosa com os outros. Não crio caso. Sou mãe de uma criança perfeita, professora de alunos notáveis, filha de pais maravilhosos. A vida poderia continuar assim por um bom tempo. Um longo túnel sem surpresa, sem mistério.

3

Um toque de campainha abrupto, como uma chicotada, no meio deste apartamento onde reina uma atmosfera compassada. Estamos com nossas melhores roupas para a festa de Ano-Novo, há três casais que se olham de soslaio, surpresos por estarem aqui, bem vestidos até demais. Tudo tem um ar afetado, a decoração do apartamento, os assuntos das conversas, o comportamento das pessoas. Tudo é estudado. Sério. Rígido. O toque de campainha parece estremecer os móveis que não devem estar habituados a isso. Murmúrios. É Sarah, alguém diz com satisfação. Não sei quem é Sarah. Sabe sim, me dizem, vocês já se cruzaram. As circunstâncias me são descritas. Nenhuma lembrança. A anfitriã da casa vai abrir a porta do apartamento. Sim, é Sarah. Eu não a reconheço.

Ela chega atrasada, ofegante, sorridente. É um tornado inesperado. Fala alto, rápido, tira de sua bolsa uma garrafa de vinho, coisas para comer, uma profusão de trecos. Tira seu cachecol, seu casaco, suas luvas, seu gorro. Coloca tudo no chão, sobre o carpete creme. Pede desculpas, brinca, saracoteia. Fala chulo, com palavras vulgares que parecem flutuar no ar após serem ditas. Faz muito barulho. Não havia nada, apenas silêncio, risos afetados, expressões cerimoniosas e, de repente, só existe ela. É irritante. A anfitriã franze as sobrancelhas, em seu vestido de festa. Sarah não percebe, abraça todo mundo vigorosamente. Ela se inclina em minha direção, tem o cheiro do ar cortante de fim de dezembro. Tem as bochechas vermelhas daqueles que se apressam. Está maquiada demais. Não está muito bem vestida, não colocou sua melhor roupa, não está elegante, não arrumou o cabelo com sofisticação. Fala muito, se lança sobre uma taça de vinho que lhe oferecem, morre de rir com uma brincadeira. Ela é animada, exaltada, apaixonada.

É como um momento em câmera lenta. A taça escapa da minha mão, meu companheiro exclama oh não!, a taça rodopia no ar, todo mundo olha, ninguém pode fazer nada, já é tarde demais, a taça se espatifa sem um ruído no carpete creme, todo seu conteúdo se espalha e desenha uma forma abstrata, vinho tinto sobre o carpete creme, um bonito quadro minimalista, eu empalideço depois enrubesço de constrangimento, a anfitriã da casa me fulmina, em seu vestido de festa, é uma catástrofe, um desastre, o desenho vermelho sobre o carpete creme, um imprevisto, um acidente. Uma brecha.

Mais tarde, passamos ao jantar. Nos extasiamos diante da bela toalha, dos belos talheres, do belo cardápio. Os lugares são marcados. Somos sete. A anfitriã da casa diz quem senta onde, em seu vestido de festa. Sarah está sentada ao meu lado. À minha direita.

4

Ela é violinista. Fuma cigarros. Está maquiada demais, é ainda pior quando a olhamos de perto. Fala alto, ri muito, é engraçada à sua maneira. Usa palavras que não conheço. Tem gírias próprias. Brinca com a língua, inventa expressões, faz rimas por prazer. Conta coisas divertidas, histórias cheias de vai e vem. Cede de bom grado aos meus pedidos de detalhes. Ela é cheia de vida. Ao longo da conversa, descubro que ela adora jogar jogos de tabuleiro, caminhar nas montanhas, cantar com as pessoas que ama. Faz psicanálise já há alguns anos. Deita no divã. Acha isso bizarro, falar de si mesma em um silêncio glacial. Mas retorna ainda assim, considera importante. Duas vezes por semana. Às vezes três.

5

Na saída do prédio, de manhã cedo, caminhamos todos juntos em direção ao metrô mais próximo. Abraços na calçada, com aquela sensação estranha de ser o primeiro dia de um novo ano. Já mencionamos a taça de vinho derramada como uma anedota memorável, refizemos o filme, acrescentamos detalhes, descrevemos as sobrancelhas franzidas da anfitriã, em seu vestido de festa.

Meu companheiro, lembrando da Sarah: "Mas e ela, hein, que moça divertida!".

6

Ela me escreve nos dias seguintes, os primeiros do novo ano. É janeiro, mas novamente acontece um milagre. Mais uma vez o inverno se declara vencido, ele ainda se arrasta e tenta um último golpe de mestre, mas já é tarde demais, acabou, a primavera venceu. Quando saio do colégio, o céu está bem alto, azulado, de um azul desbotado, como um tecido tingido. Nuvens preguiçosas debandam com o vento. A lua, discreta, em um canto, também está presente, e que o dia e a noite se aproximem como amigos é algo que me faz tremer um pouco. As sombras estão cada vez maiores, a cada dia mais longas sobre o asfalto, e volto caminhando com uma luz dourada diferente de qualquer outra. As ruas com casas de pedra estão cheias de gorjeios de passarinhos, de papeados ininterruptos, e quase podemos escutar os brotos despontando nos galhos, verdes, delicados, frágeis. Vejo a luz colorir de rosa o alto dos prédios. Quantas vezes ainda terei a sorte enorme de assistir a tudo isso? Quantas vezes ainda poderei ver este espetáculo? Uma vez? Quinze? Sessenta e três? Será a última vez, me pergunto, a última vez que poderei sentir em meu corpo os arrepios de uma nova estação? Ela me escreve nos primeiros dias do novo ano. Algumas palavras, inicialmente, às quais respondo educadamente. Depois cada vez mais. Ela diz que seria legal nos vermos de novo. Ela propõe irmos a um concerto na Filarmônica. Propõe irmos ao cinema, ao teatro. Nos vemos uma, duas vezes, cada vez mais. O inverno se vai aos poucos, a passos mudos, sem um ruído.

7

Uma manhã de março, ela me escreve dizendo que está no bairro do meu colégio, pergunta se podemos almoçar juntas. Não posso. Não tenho muito tempo, tenho muita coisa a fazer, seria constrangedor se meus colegas me vissem. Digo que sim. Escapo, na hora combinada, uma alegria estranha no coração. O dia está lindo. Ela me aguarda no metrô. Fala de imediato, muito rápido, alto, faz um monte de gestos com os braços. Seus olhos brilham. Ela caminha pelo meio-fio, parece ridicularizar loucamente os carros que poderiam jogá-la no chão. Sem dúvida não percebe que tenho vontade de puxá-la pela manga a cada cinco minutos, pois ela parece tão distraída que tenho medo de um acidente. Ela é cheia de vida.

8

No restaurante coreano, ela fala tanto que o garçom volta para anotar o pedido pelo menos três vezes. Ela nunca está pronta.

Diz que não sabe escolher, que isso é um problema na vida. Que ela quer tudo e seu contrário. Conta que durante as greves que abalaram a França em 1995, ela aprendeu a pedir carona em Paris. Naquele ano ela tinha quinze anos. Eu a olho e já não a escuto mais, eu a olho me perguntando como ela era, aos quinze anos, e como deveria ser a vida naquele momento. Paris completamente paralisada, muda sem todos aqueles carros rugindo nas ruas, ou em todo caso um pouco mais silenciosa, rouca. Paris engasgada. E Sarah aos quinze anos, no meio disso tudo, sem dúvida já com olhos caídos, sem dúvida já com seu violino nas costas, andando como uma equilibrista pelas calçadas desse décimo sexto *arrondissement* onde ela cresceu, o polegar erguido na espera de alguém que a levasse. Ao colégio, ao conservatório, à casa de seus amigos para ensaiar. Ao fim do mundo. É o que imagino. Aos quinze anos, Sarah pedia carona na Paris afônica porque queria que a levassem ao fim do mundo. É o que imagino e o que retenho na memória.

Mais tarde, quando me acompanha de volta ao colégio, ou talvez tenha sido na mesma conversa, ela me conta sobre a primeira vez que bebeu cerveja com o pai. O dia ainda não tinha se estendido muito, creio lembrar que, em sua memória, seu pai tinha ido pegá-la quando ela voltava de uma semana fora, ou a acompanhava para pegar um trem. Em todo caso, havia uma estação na história. É assim que eu imagino a cena. Sarah e seu pai, os dois sentados em cadeiras metálicas de um café da estação. Era dia, pleno dia, recordo que isso ela mencionou quando me contava a lembrança. Ela era jovem, imagino que fosse bela, mas não sei ao certo. Já ele, difícil dizer como era. Faz quinze anos, talvez fosse moreno? Sorridente? Brincalhão, sentado na frente de sua filha adolescente? O tesouro de sua vida, a estrela de seus dias, sua queridinha. Ela me conta essa lembrança rindo, não sei por quê, mas ela ri, *a posteriori*, anos mais tarde, ela morre de rir da cara que seu pai fez quando ela pediu sua primeira cerveja, do orgulho que a habitava nesse momento, da segurança que ela tinha. Imagino seu jeito fanfarrão, a cor inesquecível da primeira cerveja corajosamente exigida, em plena luz do dia, sentada no café, com seu pai. Ela me conta essa lembrança e ri, não para mais de rir, a tal ponto que é quase contagioso. Cerca de vinte anos depois, ela ri ao me contar sua ousadia.

9

Eu pergunto como ela definiria latência. Ela inclina um pouco a cabeça quando explico que tenho essa palavra sobreposta nas imagens da minha vida, que ela não me sai do pensamento, que não sei bem por quê, mas ela me deixa obcecada.

Após um silêncio: "É o tempo que existe entre dois grandes momentos importantes".

10

Os dias passam. A primavera se instala, calmamente, sem pressa. É uma primavera como outra qualquer, de deixar qualquer um melancólico. Sarah se instala na minha vida, calmamente, sem pressa. Ela me convida para o teatro, para o cinema. Fuma cigarros na minha cozinha, uma noite em que a convido para jantar. Ela me conta um segredo. Diz que é um segredo que nunca contou a ninguém. Ela não percebe que estou perturbada. Ela me dá o último disco gravado com seu quarteto de cordas. Um disco de Beethoven. Ela não sabe que, nos dias seguintes, eu o escuto sem parar. Não sabe que leio obras críticas sobre música de câmara. Não sabe que quero saber de tudo, entender tudo, conhecer tudo. Ela não desconfia, nem por um instante, que me sinto terrivelmente mal por não ter sido uma aluna melhor quando estava no conservatório.

Meu companheiro se diverte com essa amizade súbita, repentina e um pouco brusca. Eu não lhe digo que quando posso escolher entre passar algum tempo com ele ou com ela, é com ela que escolho. Vamos juntos, ele e eu, à bienal dos quartetos de cordas, na Filarmônica, para vê-la tocar. É um domingo à tarde. Quando chegamos, a sala está cheia, não há mais lugar. Insisto com o caixa da bilheteria, lanço um olhar meigo, suplico, esbravejo. Meu companheiro diz que não é tão importante assim, que iremos escutá-los uma outra vez. Ele diz, enfim, venha, vamos tomar um café lá fora, ao sol. Eu me recuso a deixar pra lá. Choro de raiva. Ele não entende o que se passa comigo. Eu acabo conseguindo dois lugares, de última hora. Temos que nos sentar em cadeiras retráteis, bem distantes da cena. Franzo os olhos para ver o que se passa no palco. Entrevejo os três outros membros do quarteto. Quando eles entram em cena, todos os quatro, em fila indiana, tenho vontade de gargalhar de tanto nervosismo. Eu a vejo, pela primeira vez, com o cabelo arrumado, elegante, distinta. Ela está com um vestido de concerto desconcertante, muito longo, preto, cavado nas costas. Eles cumprimentam o público antes de começar a tocar. Sinto a respiração entrecortada. Após o primeiro movimento da primeira obra, eu quase aplaudo. Não conheço os códigos. Não entendo nada. Estou com os olhos fixos na pequena silhueta, longínqua, no palco. No bis, eles tocam algo que me deixa estupefata. Alguém diz que é um movimento de uma obra de Bartók, somente em *pizzicato*. Não entendo nada do que escuto. Aplaudo com entusiasmo, muito forte e por muito tempo, a tal ponto que minhas mãos doem.

11

Ela pergunta o que faço das quartas-feiras sem minha filha. Vou ao cinema, sozinha. Escrevo para lhe dizer. Dou o nome do cinema, o horário da sessão. Surpreendo-me tendo esperança de que ela esteja na saída, me aguardando. O filme fala sobre os pequenos amores que nos fazem esquecer um verdadeiro grande amor. É um filme em preto e branco. A heroína é muito bonita. Acho que parece um filme da *Nouvelle Vague*. Saboreio esse momento, sozinha, em um cinema. Pergunto-me se ela virá. O filme acaba. Saio correndo. Não há ninguém. Está chovendo. Caminho com passos rápidos, cabeça baixa, olhando minhas botas seguirem sozinhas pelo asfalto molhado da Rue de la Verrerie. Meu celular toca. É ela. Ela pergunta você está onde, ela diz estou na Rue de la Verrerie, estou chegando.

12

Ela torce por mim quando, em um dia resplandecente, com os primeiros raios de sol, vou ao Tribunal. Mais tarde, com uma taça de vinho, ela me pergunta como foi. Ela não tira os olhos de mim quando conto da espera, do juiz, do pai da minha filha, da decisão da guarda compartilhada, um a cada dois finais de semana, do sol que me fazia sentir muito calor, eu mesma vestida de preto, pois estava de luto por esse amor perdido.

13

Ela me chama para acompanhá-la à Cartoucherie, para ver uma peça de teatro. Ela me espera na estação Château de Vincennes, linha 1 do metrô. Usa um vestido que não lhe cai nem um pouco bem, como de costume. Me cumprimenta com uma gargalhada, fala durante todo o trajeto pelo Bosque de Vincennes. A noite cai. Ela fala, fala, um verdadeiro moinho de palavras. Ela é cheia de vida. Me faz perguntas sobre meu trabalho, sobre o colégio onde ensino. Ela só para de falar quando as luzes se apagam. No escuro, nossos joelhos se tocam.

14

O teatro se chama: Teatro da Tempestade.

15

Ela ficou profundamente tocada com a peça. Quer ir cumprimentar o ator que fez o papel principal. Eu a vejo abordá-lo com tanta naturalidade que me impressiona. Ela fala com ele entusiasmadamente. Ele sorri. Ela me pergunta se estou cansada, ou se temos tempo de tomar algo. Ela diz, bem, a estação Château de Vincennes não é o melhor lugar do mundo para se tomar algo. Tem também aquele bar, o Officiers. Ela entra. Senta. Pergunta o que tem de chope. Respondo a mesma coisa, exatamente a mesma coisa, quando o garçom me pergunta o que vou querer. Ela está com um jeito triste, um pouco abatida, um jeito que eu nunca vi nela. Ela pergunta se podemos sair para fumar um cigarro. Ela olha para os pés.

Faz um pouco de frio, na noite escura. Ela solta a fumaça em direção ao céu, fazendo uma nuvem que se une às nuvens. Ela mergulha seus olhos nos meus. Ela diz acho que estou apaixonada por você.

16

Ela esboça um gesto muito sutil, um passo para trás, como um movimento de dança, quase sorri quando eu balbucio ah é, eu não sabia. Ela diz que vai fumar um segundo cigarro, para celebrar isso, sua audácia, sua coragem, o fósforo estala na noite, o cheiro do enxofre se torna para sempre o cheiro da confissão que traz alívio, o cheiro da realidade inexprimível por fim revelada, o cheiro da verdade despida, posta na mesa, colocada diante de mim como um presente.

O enxofre é um elemento do grupo dos calcogênios. É um não metal multivalente abundante, insípido e insolúvel na água. O enxofre é conhecido principalmente sob a forma de cristais amarelos e é encontrado em muitos minerais, notadamente nas regiões vulcânicas. Ao ser queimado, ele exala um odor forte e insuportável. O enxofre é um corpo simples. É o elemento químico de número atômico 16. De símbolo S.

17

Sarah é isso, sua beleza misteriosa, seu nariz frágil de delicada ave de rapina, seus olhos como pedras, verdes, não, verdes não, seus olhos de uma cor insólita, de serpente de pálpebras caídas. Sarah é isso, Sarah o entusiasmo, Sarah a paixão, Sarah o enxofre, Sarah o momento preciso em que o fósforo estala, o momento preciso em que a ponta de madeira se torna fogo, em que a faísca ilumina a noite, em que do nada jorra o ardor. Esse momento preciso e minúsculo, essa mudança de apenas um segundo. Sarah é isso, Sarah de símbolo S.

18

Enxofre. Do latim *sulfur*, súlfur, feixe de luz, fogo do céu. Sofro. Primeira pessoa do singular. Eu sofro. Do latim *suffero*, suportar, tomar para si a carga, aguentar firme. Particularmente, ser castigado por alguém, ser punido por alguma coisa. Sofrer uma pena.

19

Ela me dá a confissão como um presente. Ela se distancia na noite. Alguns dias depois, diz sim quando sugiro irmos ao cinema. Tem um filme de Alain Resnais que acabou de entrar em cartaz. Se chama *Amar, beber e cantar*. Ela chegou adiantada ao encontro. Tem os olhos maquiados demais, olhos de pálpebras caídas. Estamos no mês de março. Ela balança a cabeça quando digo que em breve será primavera. Está com fome, muita fome. Ela pergunta se podemos ir comer alguma coisa, antes do filme. Pede uma *galette bretonne*, leite fermentado. Tem vontade de tomar uma cerveja, depois. Pede uma tulipa da cerveja mais forte. O garçom pergunta o que quero. A mesma coisa, exatamente a mesma coisa. Ela conta sobre seu último concerto, enquanto tomamos nossa cerveja. Ela me dá detalhes precisos, explica coisas que não compreendo. Ela flagra meus olhos tocando-a, observando os mínimos detalhes do seu corpo, do seu rosto. Ela pergunta em que você está pensando. Fujo da pergunta. Não quero responder. Ela insiste, vamos, diga, em que você está pensando. Não respondo. A confissão é um presente entre nós. Meus olhos baixos. Sarah é isso, o silêncio tempestuoso e os dias leves em que se flutua, quando se entrega a verdade.

20

Outras cervejas, depois do filme, as mais fortes do bar, e para mim a mesma coisa, o mesmo, exatamente o mesmo. Outros fósforos estalam, iluminando seus olhos de serpente, o espaço de um instante, antes que a noite nos envolva novamente, na calçada onde saímos para fumar. Outras bitucas de cigarro preguiçosamente descartadas. Outras histórias contadas. Está tão tarde que, a certa altura, o dono do bar nos diz que precisamos ir embora. Ele vai fechar. Já são altas horas da noite e ele está cansado.

O filme *Amar, beber e cantar* é um drama francês, com coautoria e direção de Alain Resnais. Duração: 108 minutos. No elenco, encontramos Sabine Azéma, Hippolyte Girardot, André Dussollier. É o último filme de Alain Resnais, morto em 1º de março de 2014.

Não tenho nenhuma lembrança.

Ela caminha um pouco à minha frente, Boulevard du Montparnasse, nesta noite de março. Ela parece menos bêbada que eu. Ela é cheia de vida. Ela não vê que me esforço para caminhar no seu ritmo, que tenho a mente nebulosa, que o asfalto oscila um pouco. Ela se vira, de repente, muito rápido, encosta sua boca na minha.

Ela chama um táxi. Acaricia minha coxa no banco de trás do carro. Tem os olhos brilhantes. Sobe, atrás de mim, os dois andares que levam ao meu apartamento, tão próxima de mim que sinto sua respiração em minhas panturrilhas. Entra na minha casa. Serve um copo d'água. Tira a maquiagem ao meu lado no banheiro apertado. O espelho mostra nossos dois rostos surpresos e sérios ao mesmo tempo, terrivelmente sérios. Ela desliza sob o edredom, ao meu lado, na luz trêmula do dia que nasce. Sussurra que nunca fez amor com uma mulher. Pergunta e você. Digo também não, igual a você, exatamente igual a você. Ela acaricia meu rosto, meu pescoço, meus seios.

Seu perfume. Seu odor. Sua nuca. Seus cabelos. Suas mãos. Seus dedos. Suas nádegas. Suas panturrilhas. Suas unhas. Seus lóbulos da orelha. Suas pintas. Suas coxas. Sua vulva violino. Seus quadris. Seu umbigo. Seus mamilos. Seus ombros. Seus joelhos. Suas axilas. Suas bochechas. Sua língua.

Ela me deixa na esquina de uma rua, no dia seguinte, no caminho do colégio. Faz um sinal com o queixo e segue pela calçada. Ela me deixa sem saber que minhas mãos tremem, que não param de tremer o dia inteiro, sem acreditar no que fizeram, no que tocaram. Ela me deixa sem saber que no fim da manhã, incapaz de trabalhar por mais tempo, vou ao médico, ele me dá um atestado de dois dias, eu corro para meu edredom e durmo com seu cheiro, no meio da tarde. No dia seguinte, abro o atestado médico para entregá-lo. Na parte de baixo, o médico escreveu: alteração do estado geral.

22

Amor com uma mulher: uma tempestade.

23

Nos dias seguintes, só penso no que aconteceu, as imagens vão e vêm por trás das minhas pálpebras assim que fecho os olhos. Eu não pensava que algum dia tocaria o corpo de uma mulher, que adoraria isso loucamente, a ponto de não parar de pensar, noite e dia. Ela não me sai do pensamento. Ela me persegue, nua, sublime, um fantasma que faz minhas veias incharem, que faz meu sexo chorar. É uma revelação, uma luz, uma epifania.

24

Depois da primeira noite, ficar longe dela é uma aberração.

25

Ela me escreve, muito. Nas vidas separadas que levamos, as palavras jorram, o dia inteiro, e tarde da noite. Ela me escreve, respondo, ela me escreve de novo. Faz perguntas, eu também gostei disso?, também fiquei obcecada com isso desde então? Minhas respostas: sim, sim. A vida exterior não existe mais. A vida material também não. Só há ela. Ela, seus olhos de serpente, seus seios, sua bunda.

Ela descumpre sua agenda sempre que pode, para me ver. É sempre o mesmo cenário. Ela vem no prédio, em meu apartamento. Cochicha quando peço para falar mais baixo porque minha pequena dorme ao lado. Prolonga sempre um pouco mais o delicioso momento do jantar. Conta histórias. Bebe sua taça de vinho me olhando nos olhos. Fuma um cigarro na janela. E depois ela não se aguenta, se aproxima de mim. Ela me respira, me aspira. E é isso: a respiração, o enxofre, a tempestade.

Ela não sabe que seu cheiro me dá um nó na barriga. Não sabe que nada mais me interessa, nada nem ninguém. Ela come um *pain au chocolat* toda manhã, com um café com leite. Eu começo a comer um *pain au chocolat* toda manhã, com um café com leite. Ela passa rímel todos os dias. Eu começo a passar rímel todos os dias. Ela usa palavras vulgares, que desconheço. Eu as integro no meu vocabulário. Ela cola seus seios nos meus assim que ficamos a sós, e me aperta até quase sufocar, como se quisesse que fôssemos um só corpo. Ela parte em turnê, com seu quarteto. Vai a Bruxelas, a Budapeste. Ela me escreve o tempo todo. Pergunta se também é difícil, para mim, todas essas separações. Ela me suplica para esperá-la, promete voltar o mais rápido possível. Nessa tempestade, ela é capitã de navio. Eu me torno mulher de marinheiro.

Feliz coincidência do calendário. O quarteto toca em Veneza bem quando vou para lá, de férias. Viajo com uma amiga, explico-lhe que uma conhecida, Sarah, também está em Veneza, e digo que seria bom encontrá-la. Encontro marcado, praça San Bartolomeo, uma tarde de abril. No dia combinado, junto com minha amiga, nos perdemos nos labirintos das ruas venezianas. Tenho medo de chegarmos atrasadas ao encontro. Ando rápido. O coração acelerado, uma estranha dor de cabeça, as têmporas doloridas. Apresso minha amiga que flana, maravilhada com a cidade. Já há alguns dias não vejo Sarah. Nesta luz italiana, tão longe do meu apartamento parisiense, parece-me impossível que o que vivemos por algumas semanas, bocas seladas e corpos colados, exista de fato. De repente, parece-me impossível que essa história exista. Até me pergunto se ela, Sarah, existe, se não é apenas fruto da minha imaginação.

A praça San Bartolomeo, às vezes chamada de Campo San Bartolo, é uma praça que fica bem perto do Rialto. Muito movimentado e popular, o Campo é um dos pontos de encontro favoritos dos venezianos. No centro da praça se ergue a estátua de bronze de Carlo Goldoni, autor dramático veneziano do século XVII, criador da comédia italiana moderna e autor de *L'incognita* (*A desconhecida*), *La putta onorata* (*A moça honesta*), *La dama prudente* (*A senhora prudente*), *La donna stravagante* (*A mulher extravagante*), *La donna bizarra* (*A mulher bizarra*), *La donna sola* (*A mulher solitária*), dentre outras.

Não tem ninguém na praça San Bartolomeo. Enfim, sim, centenas de pessoas, venezianos apressados, turistas de nacionalidades diferentes, grupos, crianças, sem dúvida todos muito felizes por estarem ali, em Veneza, em um dia de abril. Mas não tem ninguém. Observo cada rosto, não a encontro, eu tinha certeza, eu a inventei, inventei tudo, nada disso existe, nada, sua bunda, seus seios e seus olhos de serpente, tudo isso não existe.

Eu ainda não sei, mas ela chegou adiantada ao encontro, ela também me procura, vasculha a multidão, esquadrinha cada canto entre as fachadas rosa, sente muito calor, sob o sol de abril, tem medo de ter me inventado, de tudo isso não existir, espera, tem dor de barriga. Ela me vê, me apreende com seu olhar, nada mais existe, apenas nossos olhos que se cruzam na praça San Bartolomeo, nossos corpos que avançam um para o outro como ímãs malignos, como que enfeitiçados.

Ela faz um sinal discreto, uma piscadela, durante um segundo de distração da minha amiga, depois se levanta para ir ao banheiro. Me levanto também, uso como pretexto uma ligação urgente que preciso fazer, deixo minha amiga mergulhada em seu guia turístico. Ela me aguarda, encostada na pia do banheiro. Seus lábios têm gosto de Campari, sua língua, de azeitonas verdes. Ela me devora. Ela sussurra enfim, enfim, enfim, enfim, enfim.

Quando voltamos, as bochechas vermelhas, risonhas, minha amiga: "Vocês demoraram!".

27

Antes de pegar o avião, ela organizou um jogo de caça ao tesouro em Veneza. Deixou mensagens com pistas, charadas, enigmas a serem resolvidos. Eu vou encontrando pequenos presentes que ela espalhou aqui e ali. Dou meu nome no balcão de uma confeitaria, como ela indicou. Quando eu o pronuncio, me servem um suco de laranja e biscoitos com geleia, acompanhados de uma carta. É primavera, a luz está terrivelmente bela, os raios de sol se agitam nos canais, a cidade está inebriante. Ela me ama, está escrito, preto no branco. Ela me ama.

28

Em breve ela fará trinta e cinco anos. Ela é alegre, de um humor irresistível. É entusiasmada, intensa, teatral. Ela se maravilha com tudo, se interessa por tudo. Tem sempre vontade de aprender. Tem um corpo pequeno, veste 36. Às vezes 34. Ela morre de prazer quando come o verdadeiro presunto ibérico. De modo geral, ama produtos de charcutaria, carnes. Ela é carnívora. Fala bem espanhol, conhece bem Madri, mas tem um amor particular pela Itália. Uma das coisas que mais adora no mundo é o primeiro trio de Brahms. Ela não tem paciência com nada. Quer tudo, pra já.

29

Com o seu quarteto, ela sai em turnê por toda a Europa. Me escreve da Hungria, da Bélgica, da Holanda, da Espanha, de Portugal, da Itália, da Suíça. Entre cada turnê, ela tem alguns dias, às vezes apenas algumas horas, para ir em casa, desfazer a mala, refazê-la, trocar as partituras, verificar se está tudo bem no seu apartamento. Ela se descuida da finalização das malas, prefere vir me ver. Diz que tudo bem não voltar para casa entre dois aviões, que na próxima cidade comprará roupas novas e terá algo limpo para vestir. Chega a qualquer hora da noite ou do dia, tira sua jaqueta de couro azul cor de noite, se despe, se joga na minha cama, me devora. No dia seguinte, toma um café com leite, belisca um *pain au chocolat*. Verifica o horário do trem, do avião. Ela se veste. Coloca sua jaqueta de couro. Quando sai, violino nas costas, mala na mão, ela me enlaça, afunda seu nariz no meu pescoço. A cada vez ela chora. Primeiro de leve, depois mais e mais intensamente. Ela se agarra em mim, funga, soluça. Suas bochechas ficam cheias de rímel, seu rosto melecado. Ela diz que não quer mais isso, essa vida, que não tem sentido, que ela queria ficar aqui, ir ao cinema, jantar comigo à noite, fazer coisas normais da vida normal. Ela insiste na palavra normal. De repente, ela fica com a voz séria, a voz da tristeza. Ela me faz um carinho na bochecha, me abraça uma última vez, deixa rímel na gola da minha camisa e um cheiro de couro azul cor de noite nas palmas das minhas mãos. E depois, sempre, ela se vai.

Ela volta. É uma festa, de novo. Noites sem dormir, falando e fazendo amor e recomeçando tudo até que os pássaros cantem. Jantares regados a vinho e cigarros, muito vinho e muitos cigarros, encontros com beijos adiados ao máximo, postergados até o momento em que ela não aguenta mais, em que ela come minha boca como quem morde uma cereja. Violentamente. Perversamente.

30

Ela me ama. Está escrito, em tinta veneziana. Preto no branco.

31

É incrível descobrir que ela sente prazer exatamente nas mesmas coisas que eu, ler em cafés, comer comida japonesa, ir ao teatro, se perder em ruelas desconhecidas, organizar festas. Ela mora em Les Lilas, no fim da linha 11. Ela ri quando conto que me tornei especialista na estação République, que voo, literalmente, para fazer a baldeação entre a linha 8 e a 11 quando vou à sua casa, pois um metrô perdido e parece que o mundo desmorona, parece que perder três minutos do tempo que passamos juntas é intolerável. Ela conhece minha filha, elas se julgam um pouco, antes de se entenderem, e depois se entendem perfeitamente bem. Às vezes ela acorda antes de mim, passa um tempo com a criança na cozinha, preparando o café da manhã. Isso me comove e me diverte. É primavera, a vida é leve, não olho mais as pétalas pálidas das magnólias na saída do colégio. Ela me aguarda em um canto, escondida dos alunos, é uma surpresa. Ela não sabe que eu só ouço quartetos de cordas, que assisto sem parar, sempre que tenho um tempo sozinha, a vídeos em que ela toca com seu quarteto, que meus preferidos são aqueles em que ela é primeiro violino, em que seu rosto se contorce por inteiro na interpretação, em que ela parece um monstro.

32

Em um dicionário médico. Latência: estado daquilo que existe de maneira não aparente, mas que pode, a qualquer momento, se manifestar pelo aparecimento de sintomas.

33

Ela não tem filhos, não sabe se quer ter. Ela lê extremamente devagar, um romance pode ficar semanas em sua mesa de cabeceira. Ela usa óculos para ir ao cinema, para dirigir, às vezes para trabalhar em suas partituras. Tem dois irmãos, mais novos que ela. Tem um pai que lhe transmitiu o gosto pelas cerimônias e uma mãe que lhe transmitiu o gosto pelas festas. Ela adora a família que tem. Ela cresceu no décimo sexto *arrondissement*, não muito longe do rio Sena. Ela vota na esquerda, quando vota.

34

Nesta primavera, eu escuto apenas uma música que não é do quarteto de cordas, "India Song", cantada por Jeanne Moreau. As poucas notas do início, antes de sua voz, me fazem chorar. Quando ela canta, eu canto com ela, a voz arranhada por uma tristeza que parece vir de muito longe, que não tento explicar.

Canção, você que não quer dizer nada, você que me fala dela, e você que me diz tudo.

35

Uma festa, uma noite, um edifício moderno, em um apartamento que não conheço. Décimo andar, no topo de um prédio sujo. A cabine do elevador já ressoa os tuntz tuntz da música muito alta. Tudo treme. Ela está maquiada demais, como de costume. É começo de verão, ela usa um vestido longo e vermelho que a deixa com ar boêmio. Não escutam quando tocamos pela primeira vez. Ela mantém o dedo pressionado no botão da campainha até que alguém abra a porta. Dentro do apartamento, as pessoas dançam no ritmo. Alguns de seus amigos estão na festa. Ela me apresenta. Diz meu nome, me puxa pela mão nos diferentes ambientes. Ela me oferece uma bebida. Ela bebe. Bebe muito. Ela me serve sempre que pega uma bebida. Ela fica bêbada muito rápido. Dança erguendo o cabelo. Me olha nos olhos. Os ambientes estão lotados, quase não há espaço para dançar, faz muito calor. Ela cola seu corpo no meu, dança completamente colada em mim. Não percebe meu desejo louco, ardente, doloroso. Ela fecha os olhos, abre, me olha, dança, bebe, dança, aperta seu corpo contra o meu. Na sacada, ela fuma cigarros falando com pessoas que não conheço. Ela tem um jeito inimitável de deixar cair as cinzas do alto do prédio. Ela olha ao longe, olhos ébrios, olhos loucos, para além do canal de l'Ourcq que pode ser visto aos pés do prédio. Ela volta para a festa, bebe, dança. No banheiro, ela me beija furiosamente, geme com minhas carícias, nos tuntz tuntz que não têm fim. Tudo treme. Ela bebe ainda mais, fica enjoada. No ar quente, em plena noite, na sacada, ela diz que quer ir para casa. Se agarra em meu braço, anda com dificuldade, está bêbada. Completamente bêbada. Nenhum taxista aceita nos levar em seu táxi. Assim que reparam nela, dizem que não vai ser possível. Ela ri, chora, diz que vai vomitar. Se apoia em mim. Ao chegarmos em sua casa, ela se livra do seu vestido de boêmia. Está nua, sem nada por baixo, completamente nua. Ela vomita por longos minutos, seu corpo tomado por convulsões, sua testa em minha mão. Ela ri, depois, aliviada. Ela se deita após ter tomado um banho. Diz que sente muito, muito, muito, que estragou tudo, que entende se eu a deixar depois de tudo isso que aconteceu. Ela não entendeu nada. Aos meus olhos, ela é ainda mais desejável do que antes.

36

Volto para casa só, de metrô. Todo meu corpo treme. Os dias passam, as semanas passam, os brotos verde-suaves não param de eclodir nos galhos que se destacam no céu azul-celeste como uma renda. Nenhuma nuvem, nunca. Azul em todos os lugares, o rosa das cerejeiras-do-japão por todos os cantos da rua. Marcas de sol nas calçadas. Nenhuma melancolia, nunca. Alegria. Esta primavera é uma festa que dura e dura. Meu corpo não se recupera dela. Alteração do estado geral, de novo e de novo. Subo minha rua, ando cada vez mais rápido, empurro a porta da minha casa, que bate e quase se fecha. Vasculho minha biblioteca, encontro enfim o dicionário, passo febrilmente as páginas e, um pouco sem graça, acabo por achar e ler em voz alta, para mim mesma, a definição da palavra paixão.

37

Ela só usa calcinha fio dental. Quase nunca sutiã. Para dormir, ela tem diferentes camisolas, dentre elas uma preta, terrivelmente sexy, de um tecido que parece seda. Ela sempre traz consigo uma garrafa d'água, sente sede com muita frequência, bebe como se sua vida dependesse disso, fechando os olhos, sem retomar o fôlego. Acontece de ela beber a garrafa toda de uma só vez. Ela faz muitas coisas como se sua vida dependesse disso.

38

Ela sobe em cima de mim, os seios nus e altivos, bela, tragicamente bela. O tempo se estende, quase para. Tudo fica lento e longo. Meu coração caracoleia em meu peito, em minhas veias, em minhas têmporas. De joelhos perto de mim, parece um ícone, uma imagem religiosa. Por pouco seria possível pensar que ela está rezando. Ela não me toca. Me acaricia com o olhar. Instante de graça. Momento sagrado. Silêncio. Então ela me olha nos olhos e enfia os dedos em mim, fundo, muito fundo, tão fundo que faz minha cabeça girar, minhas pálpebras baixarem. Ela sopra meus cílios, sua boca bem perto da minha. Sussurra palavras de amor que me penetram. Seus dedos estão longe, perdidos em mim, ela toca no fundo do meu ventre uma música que me deixa louca. Ela faz meu corpo se retorcer, faz meus rins se contraírem, ela não para nunca. Vai cada vez mais longe, cada vez mais rápido, até que eu me torno uma simples boneca de pano, uma marionete.

39

Patin, Romainville e Bagnolet são cidades fronteiriças da comuna Les Lilas, que foi criada em 24 de julho de 1867 e reuniu parte desses territórios. Cogitou-se chamar a nova comuna de Napoléon-le-Bois ou Commune-de-Padoue, em referência a um duque de Padoue que ali residiu em outros tempos. Finalmente, o nome da comuna foi escolhido em razão dos jardins floridos que cobriam a colina durante o Segundo Império. Até a lei de 10 de julho de 1964, Les Lilas fazia parte do departamento de Seine. Doravante, depois de uma transferência administrativa, em vigor desde 1º de janeiro de 1968, a comuna pertence ao departamento de Seine-Saint-Denis.

Les Lilas está situada nas proximidades da estação Porte des Lilas. Ela é servida pela estação Mairie des Lilas, na linha 11 do metrô parisiense. A população municipal é de 22.762 habitantes. O código postal é 93260. Os habitantes da comuna são chamados de *lilasiens*. Sarah mora na Rue de la Liberté.

O lema da cidade é: "Fui flor, sou cidade".

40

De manhã, ela não consegue me deixar ir trabalhar. Quando deixamos a criança na escola, ela sobe no ônibus ao meu lado, seu violino nas costas. Ela segue meus passos pela rua que leva à prefeitura do décimo quinto *arrondissement*. Ela é leve, conta histórias bobas, ri de tudo. Ela pega em uma sacola de papel kraft punhados de cerejas que devora sem pudor. Se diverte em me ver desconsertada quando ela se aproxima demais de mim, quando sua mão tenta pegar a minha. Ela diz tá tudo bem, seus alunos, quem se importa, é uma forma de educá-los, isso é bom, né. Ela cospe na calçada os caroços das cerejas que come caminhando. Ela diz tá tudo bem, seus colegas, você acha mesmo que eles nunca viram lésbicas. Ela me empurra em um saguão de prédio. Aperta o botão do elevador, me puxa pelo braço quando ele chega. Cola sua boca na minha quando digo que ela está de brincadeira, que vou chegar atrasada, que não podemos fazer isso. Ela diz já que você não quer que eu te beije na frente do seu colégio, é melhor irmos a algum lugar. Ela escolhe o andar mais alto, o décimo primeiro andar. Há um carpete no chão, portas bem alinhadas, barulhos de voz um pouco abafados que sussurram ao nosso redor. Ela me coloca contra a parede, acaricia meus dentes com sua língua, marca meus seios com seus dedos. Ela cheira a couro azul e desejo tempestuoso.

Em um jantar, enquanto chove lá fora, uma chuva fina de começo de verão, ela explica a amigos o que significa *con fuoco* em uma partitura. Ela fala agitando os braços. Ela é o próprio fogo, o tormento da alma. Tem a aparência de um demônio. É linda de morrer, desejável até não poder mais.

Ela bebe muito. Fuma, um cigarro atrás do outro. Ela tem um jeito de me olhar nos olhos quando fuma que fulmina meu corpo, de um modo extremamente doloroso. Dói de tanto querê-la, de tanto que desejo jogá-la em uma cama, abrir o botão da sua calça e aproximar minha boca daquilo que me encanta. Ela coloca a mão na minha nuca enquanto acaricio seu sexo com minha língua, faz um movimento que começa dos quadris e que me dá vertigens, que faz desmoronar tudo ao redor.

41

Ela tem seis anos e meio, me espera na saída do colégio com um *pain au chocolat* e um sorriso de moleca. Ela me leva a concertos, jantares em terraços com seus amigos. Ela me segue por todo canto, me leva a todo lugar, não me larga, não me solta um segundo. Ela me acorda com seus dedos no mais profundo de mim, prelúdios de dias longos e cheios de sol. Ela não se cansa do seu corpo no meu. Tem uma audácia que beira a irreverência. Ela pede para vir mais salmão no seu *chirashi*, em um restaurante japonês na Rue Monsieur-le-Prince. Faz uma voz que não conheço para dizer mas afinal eu pedi um *chirashi* de salmão, praticamente só tem arroz aqui, como você explica isso. Ela finge não ver que, na cadeira à sua frente, enrubesço de vergonha. Ela me dá uma piscadela quando o garçom retorna com um prato cheio de magníficas lâminas de salmão fresco. Tilinta seu copo no meu para brindar esse banquete de graça. Diz a você, meu amor, essa orgia de salmão. Ela morre de rir de um jeito meio Comédie-Française, segundo balcão, alto demais para a beleza do lugar. Não está nem aí para as convenções, as boas maneiras. Ela é cheia de vida.

Paixão. Do latim *patior*, provar, suportar, sofrer. Substantivo feminino. Com uma ideia de duração do sofrimento ou de sucessão de sofrimentos: ação de sofrer. Com uma ideia de desmesura, de exagero, de intensidade: amor considerado como uma inclinação irresistível e violenta, direcionada a um só objeto, às vezes degenerando em obsessão, levando à perda do senso moral, do espírito crítico e podendo provocar uma ruptura do equilíbrio psíquico. Na filosofia escolástica, o que é sofrido por alguém, algo a que ele está ligado ou por meio de que é escravizado.

42

Ela me oferece um lugar, segundo balcão, na Comédie-Française. A peça se chama: *Sonho de uma noite de verão*.

43

Ela desligou na minha cara, furiosa, a voz soluçante. Poucas horas depois, ela consegue entrar no colégio, não sei muito bem como. Me encontra no meu trabalho, onde estou sentada à mesa encapando livros, me concentrando para fazer isso direito, para que o papel contact não faça bolhas nas capas. Ela segura um saquinho de papel kraft cheio de damascos. Dá uma olhada ao redor. Senta ao meu lado, não diz nada. Ela se contenta em mergulhar regularmente a mão no saco de papel e retirar um damasco que abre com as unhas, com um gesto seguro e preciso, quase irritado. Ela leva as frutas à boca, não me oferece, nunca. Empilha os caroços uns sobre os outros, em uma divertida e vacilante construção que ameaça cair a cada vez que nos mexemos. Ela não diz nada. Está com um ar obstinado. Mais tarde, depois de uma hora de silêncio e de suco de fruta nos punhos, ela sussurra, quase inaudível, acho que te amo demais.

44

Ela está com piolhos porque minha filha pegou piolhos na escola. Ela toma a frente, ri da minha cara porque estou arrasada, compra loções antipiolhos, enche diversas vezes a máquina de lavar, com lençóis da minha casa, com lençóis da casa dela, diz não se preocupe, está tudo bem, vai dar tudo certo. Quando ela está aqui, não me preocupo.

Ela sai da minha casa por volta das oito da noite, para encontrar amigos. Quando ela deixa os amigos, por volta das três da manhã, me telefona para continuar uma ou outra conversa que deixamos em aberto. Ela não entende que ela se esgota, que ela me esgota.

Sonho de uma noite de verão, de William Shakespeare, é uma peça inclassificável em que o cômico beira o fantástico a todo momento. O texto nos apresenta uma reflexão sobre os poderes da imaginação face à arbitrariedade da lei, notadamente face aos rigores da lei familiar. A noite, lugar da desordem, dos sonhos e dos fantasmas, se opõe ao dia, lugar da realidade, da ordem e da disciplina. A tradução para o francês de François-Victor Hugo transcreve à perfeição o humor do dramaturgo inglês, sobretudo nos diálogos rápidos que finalizam o ato v, quando a personagem de Píramo volta à cena e, ao ver o manto de sua amada manchado de sangue, se mata, imaginando que ela estaria morta.

DEMÉTRIO – Seis não; esse aí, nos dados, conseguiria um, no máximo. Um sozinho é o que ele é.
LISANDRO – Menos que um, homem, pois ele está morto. Ele agora é nada.
TESEU – Com a ajuda de um médico poderia ainda se recuperar, e provar ao mundo que é um burro.*

---

* Trecho retirado da tradução brasileira de *A Midsummer Night's Dream*, de William Shakespeare: SHAKESPEARE, W. *Sonho de uma noite de verão*. Trad. Beatriz Viégas-Faria. Porto Alegre: L&PM, 2011. [N.T.]

45

Junho passa rápido e julho se estende, entre as minhas primeiras férias de professora, as cervejas com xarope de *grenadine* nos terraços dos cafés e a final da Copa do Mundo de futebol. Ela saltita, de longe, no frio da estação Montparnasse, no comecinho da manhã. Ela conhece a casa da minha família, entre o lago e o mar. Na primeira noite, o lago, sublime, lhe reserva uma grande acolhida, resplandecente que está com a última luz do dia. No dia seguinte, após algumas sardinhas grelhadas devoradas em frente ao mar, ela me vê rolar nas ondas fortes e ri ao perceber o quanto eu adoro isso, como sempre, o quanto eu adoro isso, me deixar jogar nas rochas pontiagudas, nas pequenas conchas cortantes, rapidamente voltar à luta, cair, levantar, cair de novo. Ela se admira com minha capacidade de passar horas nessas ondas imensas, com seu poder autoritário que me vira e revira. Ela me observa quando não alcanço o chão, engulo água, não penso em mais nada, me deixo ser sacudida, torcida, sacudida de novo, e passo horas ali, nessa agitação imperiosa e despótica, a água salgada até o fundo da boca, os olhos fechados, os punhos cerrados. À noite, ela me fala de medos que lhe vêm da infância e que a constituem. Ela cochicha sob o edredom espesso.

46

Ela sai em turnê com seu quarteto. Ela me deixa esmaecida. Ela me escreve venha me encontrar, sem você eu morro. Escreve venha, estou esperando, a vida não tem sentido se você não está por perto. Escreve estou tocando no castelo de Chambord, é lindo aqui, vamos, venha me encontrar. Ela não sabe que com essas palavras, estremeço, fecho minha mala em uma hora, me lanço em trens escuros, empreendo uma viagem de sete horas que começa com um *cappuccino* no bar de l'Arrivée. Na estação de Montceau-les-Mines, onde cachorros errantes vagueiam pela grama espessa e verde-clara, fico sabendo da morte de Yann Andréa por um jornal *Libération* que acho sobre um banco. 14h59, ainda faltam quatro horas para chegar. No calor que deixa os trilhos da estação de Moulins-sur-Allier turvos, comer um sanduíche de presunto com manteiga e tomar uma limonada é sem dúvida a melhor coisa a fazer, e com olhos preguiçosos na plataforma deserta, começo a leitura de um livro nunca lido de Hervé Guibert, intitulado *Les Aventures singulières*. Ela me escreve venha logo minha querida venha logo meu amor eu anseio por você eu preciso da sua pele. Eu corro feito uma louca, em Saint-Pierre-des-Corps, para pegar meu último trem. O sol vai se pondo, estou viajando desde a madrugada. Na estação de Blois, pego um táxi até Chambord. Fico arrebatada com a visão do castelo que aparece de repente, na curva de uma ruela. Ela me escreve começamos a passar o som, vamos tocar o quinteto de Franck, é tão lindo, mal posso esperar para você ouvi-lo. Eu corro pela passarela que leva ao castelo, minha bolsa de viagem atravessada em meu ombro. Lá está ela, ao longe, toda pequenina, caminhando delicadamente pela grama vazia e abandonada com seus sapatos de concerto, sapatos de salto alto, em seu vestido preto tão distinto. Ela me aperta em seus braços, respira meu fôlego curto entre seus lábios. Ela reina sobre Chambord, domina meu coração, governa minha vida. Ela é uma rainha.

47

No pavilhão de caça, no meio da noite, depois do concerto, depois de socializar, ela me deita na pequena cama de solteiro do seu quarto, lambe longamente o interior dos meus punhos, abafa meus gritos com a mão, come todo o meu corpo, e cada fragmento tocado conserva, durante toda a noite, o rastro úmido da sua boca e o odor da sua saliva. No trem para Paris, no dia seguinte, ela faz uma reunião de trabalho com seu quarteto, eleva frequentemente seus olhos para mim, pois estou sentada um pouco mais longe, e me sorri, um sorriso que se imprime em mim como uma tatuagem.

48

O verão segue assim. Quando estamos juntas, a vida vai rápido demais, a pleno vapor. Ela corre e eu corro atrás dela, nos corredores do metrô, para pegar os trens no horário, para nos encontrarmos quando ela voltar. Ela caminha e eu caminho atrás dela, nas ruas de Paris que percorremos sem nos cansar, ela salta sobre as colunas de Buren, é uma criança, ela se encanta com a cor das nuvens, é uma criança. Eu amo uma criança. Ela se esgueira para o banheiro e eu me esgueiro atrás dela, para detrás da cortina do boxe onde lavo seu corpo como se lava um objeto sagrado. Ela está em pé e eu estou atrás dela, em frente ao painel de partidas, quando ela vai embora de novo. Nessa nova vida que levo ao lado dela, há estações e trens, mas não para mim, nunca. E é isso. Trens o tempo todo, trens para pegar, trens no horário, trens lotados, trens noturnos, trens atrasados. Há aeroportos, aviões, horários de embarque, horários de aterrissagem, esteiras de malas; há táxis, metrôs e baldeações. Não para mim, nunca. Eu acompanho, correndo, o fôlego entrecortado, dividimos as bagagens e chegamos na estação muitas vezes um minuto antes da partida, mas às vezes não, às vezes temos tempo de nos beijar longamente antes do toque que conhecemos tão bem. Partidas; digo palavras de conforto *boa viagem, aproveite para descansar no trem*, palavras bobas *não vá me esquecer, hein* ou então *me escreva, prometa que vai me escrever*, articulo palavras que digo sobretudo com os olhos, e meus lábios formam os *eu te...* mais loucos de toda a minha carreira, faço corações com os dedos, me aproximo um pouco quando o trem dá partida sem tirar meus olhos dos olhos dela, rio de suas besteiras por trás da janela, e depois paro, e, mãos nos bolsos, volto para a cidade em que continuo a viver. Chegadas; espero na plataforma da estação, o coração palpitando, procuro seu rosto, observo, entretempo, como são os outros, todos os outros, e não me interessa nenhum deles, busco seu rosto e me impaciento, quero tudo, agora mesmo, sua silhueta, seu sorriso, seus olhos, seu perfume, sua boca. Frequentemente, a chegada se dá à noite e a partida na manhã do dia seguinte. Frequentemente, em menos de vinte e quatro horas, nos encontramos na plataforma de uma estação e nos despedimos na plataforma de outra. Às vezes, da mesma estação. E assim segue a vida nesse verão.

49

Em um restaurante onde almoçamos para comemorar meu primeiro ano de professora, corada, digo aos meus pais que estou amando uma mulher. Eles respondem ah é e qual é o nome dela.

Ela me encontra em uma casa saída diretamente de um conto, a casa de amigos meus, no interior de Aveyron. Ela está encantada com a horta, com o trailer no campo onde adormecemos para fazer a sesta, seu nariz junto ao meu. Ela estremece quando a tempestade se aproxima. Estremece quando leio, em voz alta, um texto erótico de Hervé Guibert. Ela me prepara um banho, seca meus cabelos, beija minhas bochechas molhadas de lágrimas quando me angustio com a ideia de ela partir muito em breve, tão logo. Ela me olha enquanto preparo um risoto ao limão siciliano, de menta cebola nozes. Sob o lençol florido, no quarto envolto por uma luz azulada, ela me ama sem pausas. Ela corre na chuva com o casaco na cabeça para ir à farmácia comprar lubrificante. Volta, hilária, imitando a cara da farmacêutica quando ela faz o pedido. Diz que idiota, mas que idiota, ela não estaria nem aí se eu tivesse comprado preservativos. Ela coloca um vinil na vitrola, insiste para a gente aprender a dançar *boogie-woogie*, encontra vídeos de curso de dança que assistimos rindo, saímos na rua para dançar mais à vontade, são três horas da madrugada, quatro horas da madrugada. Na praça do centro de Aveyron, ela estende a mão, conta o tempo, um dois três tá tá tá, um dois três tá tá tá, me pega de novo, perna esquerda, e tá tá tá, e tá tá tá, acende cigarros, tem suor entre os seios, ri, diz é engraçado nunca tenho sono com você, as noites são mais belas que nossos dias.

51

Na casa deserta, escuto sem parar o décimo terceiro quarteto de Beethoven, opus 130. O café velho se espalha, como um polvo negro, na pia rachada de porcelana rachada em que afogo minhas mágoas lavando a louça. Restaram na mesa dois cigarros, esquecidos na partida apressada, e ali ainda há o seu toque, ali, exatamente ali. A persistência retiniana faz das paredes trincadas desta casa telas brancas para sua sombra chinesa.

52

A intensidade entre nós é forte demais, turbulências vêm à tona. Ela se torna pesada, dá gritos de tremer as paredes, cai de joelhos cheia de soluços dilacerantes. Ela se levanta, cambaleia, vem se aninhar em meus braços, me pedir perdão. Uma palavra a mais e ela começa a gritar de novo, a dizer não dá mais não dá mais, a bater as portas. Ela se deixa alcançar no último instante, não se opõe quando tiro sua roupa e a obrigo a entrar na banheira, onde eu a lavo meticulosamente, sob o olhar perplexo do gato da casa, ela chora em silêncio enquanto faço shhhh entre meus dentes, shhhhhh como quem quer acalmar uma criança cujos dentinhos nascem, um grandalhão queimando de febre, um velho à beira da morte, vamos shhhhhhh, já passou, shhhhh.

O *Quarteto de cordas nº 13 em si bemol maior*, opus 130, de Ludwig van Beethoven, foi concluído em dezembro de 1825 e publicado após sua morte. Estruturado em seis movimentos, ele se encerrava com a Grande Fuga. Porém, em meio à incompreensão do público e mediante a insistência do seu editor, Beethoven concordou em separar a fuga do resto do quarteto. Ele compôs, no outono de 1826, um *finale* substitutivo que ficou sendo sua última obra acabada. A Cavatina que ocorre no quinto movimento é considerada o ápice dramático da obra e uma das melodias mais patéticas já escritas por Beethoven. A maioria das execuções desse quarteto, em nossos dias, se dá com a Grande Fuga como *finale*, pois a intensidade dramática da obra é muito forte e requer essa conclusão libertadora.

53

Em meados de agosto, ela voa para Istambul, por seis dias que nos parecem uma eternidade. Ela me telefona todos os dias. Conta sobre essa cidade que conheço, mas que redescubro por suas palavras. Fala dos momentos em que ela estuda violino, sozinha no apartamento, enquanto seus companheiros de viagem saem para flanar pelo Bósforo. Ela parece decepcionada quando digo que não poderei esperá-la em sua volta. Ela não faz ideia de que é uma brincadeira. Ela chega, um pouco cansada, me parece, e não desconfia que estou aqui há horas, dando voltas feito um tigre enjaulado, depois de ter bebido cafés de todas as máquinas disponíveis neste terminal B, de ter escrutinado de novo e de novo o painel de chegadas, a porta metálica, o rosto dos viajantes. Ela não sabe que eu a observo quando ela se despede dos seus companheiros de viagem, que esmiúço cada parte do seu corpo, do seu rosto, que sorrio ao vê-la rir, que meu corpo inteiro treme com a ideia de tê-la em breve junto a mim. Ela dá um salto para trás quando surjo já bem perto dela, larga a mala, salta em meu pescoço, se desfaz em lágrimas. No táxi que nos leva à sua casa, até a cama de Lilas, ela enrosca suas pernas nas minhas. No dia seguinte ela parte de novo muito cedo, em turnê. Ela me segura pela mão e corremos pelos corredores da Gare de Lyon. Ela está atrasada, como de costume, não conseguiu se levantar na hora certa depois de uma noite de amor avassalador. Ainda assim ela para na frente do piano da estação e, com o violino nas costas, em pé no meio da multidão, começa a tocar uma música melosa dos anos 1980, toca nas teclas sem olhá-las, sem olhá-las pois é a mim que ela olha, tenho vergonha e me orgulho, ela me olha diretamente nos olhos e canta, alto, a plenos pulmões, em pé no meio da multidão, *dreams are my reality*.

54

É isso, Sarah é isso, Sarah a desconhecida, Sarah a moça correta, Sarah a senhorita prudente, Sarah a mulher imprevisível, Sarah a mulher bizarra. Sarah a mulher sozinha.

55

O telefone toca uma única vez no vazio e depois começa uma música de espera. É Vivaldi. *As quatro estações*. O verão. Uma voz de homem acaba por me dizer alô SAMU de Paris. Ele me escuta sem dizer uma palavra quando descrevo o que se passa comigo, essa dor aguda persistente no peito, do lado esquerdo, que irradia pelo braço do mesmo lado e que praticamente me impede de movê-lo. A voz do outro lado do telefone me faz várias perguntas, bastante precisas, me pede para fazer mais movimentos. O homem parece surpreso.

Ele diz não desligue, vou consultar a opinião do médico de plantão. Eu o ouço digitar o número de telefone, seu passo pesado se distancia em meu ouvido, espero, escuto os outros atendentes que também fazem perguntas, espero mais, um longo momento. O passo retorna. A voz diz alô, alô, senhorita, você por acaso está vivendo uma história de amor, será que você não está, por assim dizer, sofrendo de amor, ou mesmo, sabe, com o coração pesado?

Ela me escreve venha me encontrar ainda é verão aqui. Escreve não é possível esse sol e esse calor sem você, ouço cigarras todas as manhãs, mas é com você que quero acordar. Escreve você desce na estação de Avignon, eu vou te buscar de carro, eu me viro, vamos, venha meu amor, é muito complicado quando estamos longe. Ela não sabe que com essas palavras, estremeço, que fecho minha mala na hora, que me lanço no primeiro trem para Avignon. Ela me espera na estação, com um vestido vermelho inverossímil, desta vez ela está bem vestida, bem vestida e bem penteada, nem um pouco cafona, ela trouxe um café para mim, quer me mostrar um artigo que saiu em uma revista sobre seu quarteto, ela não faz de propósito mas rouba a revista, esquece de pagar na banca de jornal, tão excitada que está pelo nosso encontro, ela sai da banca com a revista debaixo do braço, e ri de tudo isso, um riso imenso, me pergunta e então o que é essa sua dor no peito, você vai nos aprontar um câncer de mama ou o quê, ela ri de novo, da sua piada, eu murmuro não na verdade não foi nada já passou, ela corre até chegar perto do carro e eu corro atrás dela, o carro está queimando por ter esperado no sol que não perdoa ninguém, que atinge em cheio, ela abre as janelas e sai em arrancada, antes de afivelar o cinto, ela morre de rir dando meia-volta de qualquer jeito no estacionamento, escutando os pneus cantarem, diz vou rápido para que não nos sigam por conta da revista, somos antes de tudo ladras, ela pega o caminho de Arles, suspira quando passo minha mão por sua coxa, quando separo as partes do seu vestido vermelho intenso para acariciá-la ali onde é mais doce, mais suave, no alto da sua coxa, ela fecha os olhos um milésimo de segundo quando introduzo um dedo em seu sexo molhado, morde os lábios quando introduzo o outro, pisa no acelerador e goza, as janelas abertas, a noventa quilômetros por hora, no calor abafado do carro e entre o canto incansável e obsessivo das cigarras.

56

A temperatura amena da abadia é um alívio, como se as velhas pedras tivessem essa delicadeza, de refrescar qualquer um em seus lugares sagrados. Ela ensaia com seus sete outros parceiros. Ela disse que eles tocariam um octeto, me contou isso sob os lençóis amarrotados do início da manhã e mal prestei atenção, aturdida que estava com a visão do seu corpo nu ao sol que atravessava as venezianas. Ela é primeiro violino. Ela me lança olhares frequentes, que retribuo do claustro onde me instalei para ler Hervé Guibert. A abadia está lotada, as pessoas se apertam nos bancos pequenos de madeira, ela me manda uma mensagem venha me encontrar no camarim, ela abre a porta e me deparo com um caldeirão de pessoas em plena ebulição, as moças se olhando no espelho, passando rímel, o rosto rígido, ou dando um último retoque no batom, o único rapaz presente abotoa a camisa enquanto belisca uma fruta, todo mundo brinca, as palavras positivas fluem. Ela me pede para fechar seu vestido, nas costas, para dizer se seu coque está bem feito. Ela me diz vamos, volte para a sala, não vai ter mais lugar, e ela tem razão, não há mais lugar quando chego, fico embaixo de um dos pilares do claustro, ao abrigo dessas velhas pedras de uma centena de anos, eles entram em cena, ela primeiro, segurando o violino e o arco na mesma mão, ela para, espera que os outros sete entrem em cena, eles cumprimentam o público, arrumam seus instrumentos, há um instante em suspensão, dois ou três segundos de vácuo, tosses na plateia e depois todo mundo prende a respiração. Ela olha seus colegas, inspira profundamente, e se entrega de corpo e alma à música.

57

Ela fica surpresa com a obsessão que nutro imediatamente por esse octeto, com meu desejo de escutá-lo sempre, sem parar se for preciso, de escutá-lo em todas as gravações existentes. Ela não sabe que ter visto ela tocar o quarto movimento foi uma das coisas mais belas da minha vida. Ela não sabe das minhas palmas fervorosas, da minha pulsação palpitante, das vozes abafadas. E de repente silêncio, a luz viva, em cena, a luz crua, cruel. O momento suspenso, a escuridão de repente, o silêncio de repente. E nada. Durante alguns instantes, nada. A não ser meu pulso que palpita. E depois. E depois ela entra em cena. Todos, ao meu redor, todos aplaudem. Eu não escuto nada. Eu a olho. Seu vestido longo. O brilho dos seus brincos. O lampejo dos seus incisivos. Minha vampira. Seu violino. Seu coque. Seu ar distante. Minha respiração destituída. A partitura que ela abre. Seus cílios quando ela senta. No silêncio atordoante. O octeto de Mendelssohn e ela, primeiro violino. Oito corpos, trinta e duas cordas, tudo está imóvel. Nada mais se movimenta.

A vida está paralisada. Vai durar cem anos, como nos contos. Mas não. O movimento do seu queixo, e tudo borbulha. Ela é uma chama que se alastra, por todo o *allegro*. Ela dá saltos, minha selvagem, pula, sapateia, se lança. *Con fuoco*, e não sou mais eu quem diz. Não é mais seu violino, é ela quem canta. Queria que durasse cem anos, como nos contos, que não acabasse nunca. E depois, no *presto*, ela infla o peito, meu pequeno soldado, ela vai à guerra e eu sou sua cativa, mãos e pés atados. Esses são os últimos compassos, ela se endireita, se ergue, vira um titã. Tudo vibra, tudo explode. Com seus seios orgulhosos, ela desfila e triunfa. Ela tem o jeito dos que partem. Ela vai à guerra. Não sei quando volta.

Ela não sabe que sua mãe, que estava na plateia, na abadia, me viu, encostada no pilar do claustro, com olhos apenas para sua filha, ardendo por dentro de admiração e desejo. Não sabe que sua mãe, que não me conhecia, pensou consigo mesma que o mundo em que vivia até hoje acabara de mudar para sempre.

58

Ela costuma tirar as sandálias, com um rápido movimento de tornozelo, e dirigir descalça. Depois fica com as solas dos pés pretas por ter pisado nos pedais. Ela prefere tomar banho pela manhã do que à noite. Ela praticou *badminton* por muito tempo. Quando fica doente, ela engole com dificuldade os comprimidos, faz caras e bocas e balança a cabeça para que desçam pela traqueia. Utiliza expressões fora de moda, palavras improváveis e ridiculamente antiquadas. Ela não sabe dançar muito bem, dança bem mal na verdade.

59

Ela diz não quero nem saber, vou dizer a eles, estou tão feliz com você que tenho vontade de gritar aos quatro cantos do mundo inteiro. Ela diz são meus pais, se eles me amam ficarão felizes por eu estar feliz, assim são os pais, não é. Diz olhe, seus pais, reagiram tão bem. Diz e também agora todo mundo já sabe, sua filha, meus irmãos, nossos amigos, não posso mais esconder deles. Ela sai, de peito aberto, para jantar na casa dos pais, me deixando com um estranho pressentimento no peito. Ela me liga algumas horas depois, não consegue articular de tanto que chora ao telefone, ela suplica eu posso ir para sua casa, ela cai em meus braços quando abro a porta do meu apartamento, diz minha querida foi horrível foi o pior dia da minha vida eles foram odiosos meu pai não quer mais me ver. E é isso. Não se pode amar, beber e cantar em paz, e para vivermos felizes, temos que viver escondidas.

As quatro estações são os quatro concertos para violino, compostos por Antonio Vivaldi, que abrem a coletânea intitulada *Il cimento dell'armonia e dell'invenzione*. O confronto entre a harmonia e a invenção. O *estate*, verão, é composto por um *allegro*, um *adagio* e um *presto*, que interrompe brutalmente o *adagio*. Vivaldi escreveu, como indicação para esse último movimento, *tempo impetuoso*.

60

O outono chega sem alvoroço. Ela aparece com um monte de delícias folhadas, diz venham, minhas queridas, vamos ao mercado. Ela me beija, dá a ideia de fazermos uma grande salada, quer fazer amor o tempo todo, absolutamente o tempo todo. Ela só me deixa dormir quando estou doente. Inventa piqueniques para nós três no parque ao lado da minha casa. Olha sua agenda, diz vamos sair muitas vezes em turnê, nos veremos bem pouco antes do Natal. Ela parece arrasada. Me aguarda na saída do meu novo colégio com uma rosa na mão ou um *pain au chocolat* ou um livro embrulhado em um bonito papel de presente, no qual ela escreve palavras de amor. Ela me acompanha em festas de amigos meus. Organiza jantares em Lilas com os seus. Ela passa para almoçar comigo, traz sanduíches e uma sacola de papel kraft transbordando de ameixas bem maduras, sentamos na calçada de uma rua meio escondida do subúrbio onde trabalho e devoramos nosso banquete de rainhas. Ela me beija com o suco da ameixa ainda no canto dos lábios. Ela é cheia de vida. Ela não se dá conta de que nada mais me interessa, apenas os momentos passados com ela, de que me sinto deprimida, de que não gosto mais do meu trabalho, de que peço atestado médico sempre que posso.

61

Em Bruxelas, ela dorme na grama e eu a vejo dormir por um bom tempo, aliviada que seu amor por mim seja colocado em pausa por um instante, aliviada por ela enfim se calar, por ela parar de rodopiar. Em Helsinque, ela compra um casaco longo de caxemira cinza, caminha por toda a cidade crepuscular como uma chapeuzinho vermelho, eu caminho atrás dela pensando que, no fundo, sou eu a chapeuzinho, ela é o lobo, pronto, é isso, ela vai acabar me devorando.

62

Um domingo, ela toca no Théâtre des Champs-Elysées. Ela entra em pânico, pela primeira vez desde que a conheço. O concerto é sublime, e ela, de uma graça absoluta. Ela nem mesmo cruza meu olhar na saída, de tão rápido que saio para escapar do encontro com seus pais. Ela não sabe o prazer louco que me dá quando me encontra, ao fim do dia, depois do almoço social obrigatório, na casa de subúrbio dos meus pais, na hora da sesta. Ela aconchega seu corpo no meu na cama do quarto de visitas. Mal consigo acreditar que estou abraçando a garota que estava no prestigiado palco algumas horas atrás.

Ela está emocionada com Kiki de Saint Phalle. Ela tem gosto de wasabi nos lábios quando eu a beijo na saída de um restaurante japonês, Boulevard de Rochechouart. Ela me pede para esperá-la no Palais-Royal, digo que estou em um café chamado l'Entracte, espero por muito tempo, tenho medo de ela não vir, de tudo ter acabado entre nós, entro em pânico sem motivo. Quando ela enfim chega, me encontra aos prantos.

Ela me devora. Tem vontade de fazer amor o tempo todo. Provoca brigas, cada vez mais violentas. Me morde. Logo depois, dá a ideia de assistirmos a um filme de François Truffaut. Escolhe *Domicílio conjugal*.

63

Ela sai em turnê pelo Japão, com seu quarteto. Abre os presentes que preparei para ela, encontra uma edição de bolso de

Hiroshima, meu amor e cadernos de música. Sorri quando digo que adoraria que ela compusesse músicas, que vejo seu destino muito maior do que já é. Seu olhar de serpente me pica o ventre quando digo que se amanhã ela morrer, não quero que ninguém a esqueça. E que eu me encarregarei disso.

Do outro lado do mundo, ela se torna uma sombra na tela do meu computador. Ela parece um fantasma quando falamos em horas impossíveis, tanto para ela quanto para mim, tamanhas são as limitações da diferença de horário. Seu corpo se mexe, mas seu rosto permanece fixo, ela parece um Picasso, uma morta-viva. Ela me chama de cada novo quarto de hotel. Em Tóquio, ela se despe, muito lentamente, por trás da câmera. Seus seios na tela parecem irreais. São seus seios o que prefiro, seus pequenos seios macios, de uma maciez nunca experimentada em outra parte. Ela acaricia seu corpo, é um suplício e é tão bom. Ela goza, a quilômetros de mim, a boca aberta e os olhos fechados, meu fantasma bem vivo. Quando ela volta, é dezembro. Ela não se dá conta de que um ano se passou desde nosso encontro naquele apartamento afetado. Ela tem vontade de organizar uma grande festa, com nossos amigos misturados. É um sucesso. Em seu apartamento em Lilas, dançamos até o fim da noite. No dia seguinte, ela provoca uma discussão no café da manhã. Ela grita, vocifera na minha cara. Ela me dá medo. Ela arranca a pele do meu braço com suas unhas tentando me deter quando me lanço em um táxi, para acabar com isso. Ela não sabe que estou sangrando, e que não quero vê-la nunca mais.

Ela tem uma prima que trabalha na Ópera de Paris, e que nos conduz em uma visita ao ateliê onde são feitos os cenários. Uma pequena porta leva ao palco. Sarah se enfia ali, e eu a sigo, um odor empoeirado e amargo ao mesmo tempo. Nenhum barulho, salvo alguns sons abafados, os passos dos técnicos, as pessoas discutindo nas coxias. No palco, diante das poltronas vazias e silenciosas, ela parece minúscula. Desarmada. Inofensiva.

64

Ela parte de novo. Me deixa entregue a mim mesma, a uma vida que não me interessa mais. Ela parte de novo, feliz por reencontrar seus colegas, o nervosismo discreto de início de concerto, as brincadeiras de depois. Ela me deixa aqui plantada, o coração cambaleante. Ela não sabe que escuto sem parar o octeto de Mendelssohn, entediada, deitada na minha cama, com um pesar na alma. Ela parte de novo. Fecha as malas feitas apressadamente, sem um olhar para mim, sentada do outro lado da cama. Ela corre por todo o apartamento para achar tal partitura, tal calcinha. Ela perde tudo, se estressa. Não vê a hora de pegar o trem. Me deixa entregue a mim mesma, às minhas ocupações de mãe de família, de boa professora. Ela não se importa.

O filme *Domicílio conjugal* é um filme francês, escrito e dirigido por François Truffaut, lançado em 1970. Duração: 100 minutos. No elenco, encontramos Jean-Pierre Léaud, Claude Jade, Hiroko Berghauer. Ele é a continuação de *Beijos roubados*, lançado em 1968. A trilogia das aventuras de Antoine Doinel se encerrará mais tarde, em 1979, com o lançamento de *O amor em fuga*.

Às vezes ela fica louca. Louca de raiva, depois louca de tristeza. Começa a gritar, se joga em cima de mim, arranha meu rosto, com um ar monstruoso no seu. Ela é pior que uma bruxa de contos de fada. Ela me odeia, por tudo, por roubar seu tempo, roubar sua juventude, roubar o amor de sua família, roubar a noção que ela tinha, desde pequena, de como deveria levar sua vida. Ela não diz, mas eu escuto, tilinta em meus ouvidos, ladra, ladra, ladra. Ela me repreende por fazer besteiras, por um monte de outras coisas, mas no fundo, eu sinto, ela me repreende por existir, por ter cruzado seu caminho, me repreende por eu ser mulher. Me repreende por ela não poder, enfim, me amar em paz. Ela tem acessos de raiva fulminantes, inesquecíveis. Seu corpo pequeno se transforma. Ela parece uma besta, uma besta furiosa, ela ruge, completamente rubra. Não se lembra mais, em momentos como esses, do amor veneziano, dos beijos furtivos, das carícias intermináveis. O remédio contra esses acessos de loucura é sempre o mesmo. Espero por um momento de calma, obrigo-a a se despir. Uma vez que ela está nua, tento me concentrar naquilo que devo fazer. Ela sempre vocifera quando eu a empurro para baixo do chuveiro, os cabelos caídos no rosto. Ela se deixa levar, se acalma um pouco quando a água escorre por seu corpo. Eu a ensaboo começando pelos pés, devagar, subo minhas mãos pela panturrilha, tento fazer com que os espasmos que agitam suas pernas parem. Seguro o chuveiro em cima de sua cabeça, me erguendo na ponta dos pés, espalho água por todo canto, estou encharcada, o chão está encharcado, o tapete está encharcado, ela geme debaixo da água quente, o ataque de raiva cede um pouco, ela me deixa desligar o chuveiro para massagear sua cabeça com xampu, delicadamente, depois intensamente, meu maxilar dói de tanto que trinco os dentes, em minha cabeça falo com ela, digo mas você vai se acalmar, ah vai, você vai parar com isso, no chuveiro, falo com ela, digo vamos passou meu amor, passou, tá tudo bem, está vendo, vai ficar tudo bem, tiro ela de lá, tento mover seu corpo do jeito que posso, esfrego-a com firmeza, enrolo-a em uma toalha e sento-a na beirada da banheira, ela ainda choraminga um pouco, mas a tempestade passou, ligo o secador de cabelo e, lentamente, pacientemente, eu escovo seus cabelos até que fiquem secos. Ela se deixa levar até a cama onde desaba, onde unto seu corpo com creme, lentamente, tentando não acordar a besta-fera com um gesto brusco demais, com uma palavra mal compreendida. Ela se deixa enterrar no edredom, o rosto inchado de tanto chorar. Fecho sem um ruído a porta do apartamento e, na rua, grito com todas as minhas forças, os punhos cerrados, como um lobo em uma noite de lua cheia, grito até que minha garganta queime, grito o amor em fuga.

66

Hiroshima, meu amor é o roteiro do filme de Alain Resnais, escrito por Marguerite Duras, pulicado pela Gallimard. Primeira edição: 1960. Em uma carta aberta, na estreia do filme, depois de saber que o Quai d'Orsay era contra a seleção do filme para o festival de Cannes, ela escreve: "Quisemos fazer um filme sobre o amor, quisemos retratar o amor em suas piores condições, as mais frequentemente censuradas, as mais repreensíveis, as mais inadmissíveis". O vínculo entre o amor e a morte, no coração do texto de *Hiroshima, meu amor*, é um dos temas da obra de Marguerite Duras. Como em *O amante*, o livro que lhe rendeu o prêmio Goncourt, o amor está fadado ao fracasso.

Ela me olha. Tem o olhar rígido, por trás dos óculos. Rígido, porém pensativo. Ela me olha, Marguerite. Marguerite Duras, no cartaz da exposição que vimos juntas. Está escrito *exposição*, no cartaz. Está escrito *de 15 de outubro a 12 de janeiro*, no cartaz, próximo aos óculos de Duras, que tem para mim um olhar doce. E é isso, Sarah é isso, Sarah que vagueia por entre as linhas de Marguerite. Era inverno. No cartaz está escrito *retrato de uma escrita*. Está escrito *Duras Song*. Era o título da exposição. Ela me olha com um ar pensativo. Em que você está pensando, Marguerite? Você se lembra do inverno passado, quando vagueávamos por aí, ela e eu? Você também canta, Marguerite? No cartaz está escrito *Duras Song*. Duras sonha e o sonho dura, o sonho doce de uma noite de inverno.

Em *Hiroshima, meu amor*:
ELA: Eu não inventei nada.
ELE: Você inventou tudo.

67

Ela ainda me espera às vezes na saída do colégio, um pouco menos do que antes. Ela leva a criança à escola comigo, pela manhã. Ela ri da minha dificuldade de acordar, diz que sou um urso, seu urso rabugento. Ela adora comida japonesa, come quase a cada duas noites. Ela adora comer um pedacinho de chocolate, à noite, com seu chá. Chocolate amargo, de preferência. Ela tem nádegas tão macias que não consigo deixar de tocá-las quando estamos juntas. Na cama é ainda mais difícil. De manhã, ela adora fazer amor meio sonolenta.

68

O inverno voltou. Ela diz que não gosta dessa estação. Uma manhã em que acorda extremamente cedo, pois precisa partir em turnê, saímos sob os grandes flocos de neve. E é isso, uma madrugada em uma noite escura de janeiro, as luzes alaranjadas dos postes, as ruas sombrias de Lilas, a silhueta de Sarah, essa silhueta que conheço tão bem, seu violino nas costas e suas pernas frágeis, a mala que ela puxa com a mão direita, o gorro na cabeça. Ela abre um pouco a boca para receber os flocos de neve na língua, ri, está com o nariz vermelho, os cílios brancos de neve, ela me olha e diz é muito bonito hein meu amor. Para celebrar isso, ela insiste que esperemos a padaria abrir, às seis em ponto ela mergulha lá dentro e sai triunfante, com dois *pains au chocolat*. E é isso, a vida em plena ebulição em todas as circunstâncias. Corremos para pegar o metrô, e, enfim, aquecidas, no vagão que começa a partir, mordemos nossos pãezinhos, as mãos geladas, o nariz escorrendo.

Ela insiste em viajar de férias com minha filha e comigo. Ela não sabe que eu preferiria viajar sozinha, que estou exausta dessa história, da sua presença na minha vida. No trem noturno, ela pega a cama em frente à minha, na parte de cima do beliche. Ela deixa uma luzinha acesa. Assim que a criança dorme, na parte de baixo, em uma das camas do meio, ela retira lentamente o lençol da SNCF que cobria seu corpo, me olha nos olhos e acaricia lentamente os seios.

69

É uma primavera como outra qualquer, de deixar qualquer um melancólico. Um ano se passou, um ano de música, um ano de arrepios, um ano de enxofre. Ela diz que quer me deixar, que essa vida que levamos é muito tumultuada, é uma tempestade. A capitã abandona o navio. Ela não sabe que choro debaixo do chuveiro toda manhã, que tenho dor de barriga toda noite, que não consigo mais dormir sem comprimidos. Ela diz que sou a mulher da sua vida, que sou eu e mais ninguém o seu único amor, diz que não sabe o que deve fazer, continuar essa vida rocambolesca ou então esquecer tudo, diz que nosso amor é a coisa mais maravilhosa e mais terrível que lhe aconteceu. Ela diz que não sabe escolher, que isso é um problema na vida. Ela decide tomar distância da paixão, diz que podemos tentar nos ver apenas duas vezes por semana, para espaçar os momentos de loucura, para deixar a vida menos intermitente, menos deslumbrante.

Ela sabe ser doce, me prepara banhos, massageia minhas costas, faz comidas deliciosas, me acompanha em compromissos importantes, diz que sou sua liberdade, sua trégua, seu pequeno respiro. Ela sabe ser odiosa, não responde quando lhe envio mensagens, fala por monossílabos, dá um jeito de não estar disponível, ela diz que eu a sufoco, que ela precisa de ar, de ar, de ar.

Ela acorda com muita fome, se espreguiça como um gato e pede para tomarmos um delicioso café da manhã. Depois ela sente vontade de passear um pouco, escolhe Angelina, perto das Tuileries. No salão de chá ultrachique, ela fica silenciosa, quase desligada. É como se houvesse um buraco negro entre nós. Ela come suas torradas sem um ruído, sem risadas estridentes, sem anedotas para me contar. Ela mal sorri quando faço palhaçadas para diverti-la. Ela se levanta para ir ao banheiro, sem uma palavra, sem um olhar para mim. Ela se assusta quando sente minha presença em suas costas. No espelho enorme e dourado que ornamenta o banheiro feminino da Angelina, no primeiro andar, com vista para o jardim, ela enfim sorri para mim quando a empurro contra a pia para fazer amor em silêncio, clandestinamente, sua saia levantada contra a cerâmica branca imaculada. Seus suspiros de prazer não me tranquilizam.

70

Ela tinha uma verdadeira paixão por carros na adolescência. Conhecia uma quantidade inacreditável de modelos diferentes. Tinha um amor especial pelos modelos da Renault. Adorava o R5, mas também amava o Renault 25 e tinha um apreço especial pelo Renault 21, que considerava menos pomposo e menos formal do que o 25, e achava particularmente moderno. Seu modelo favorito era, sem dúvida, o Alpine A110, quase um carro de corrida. Ela sabe fazer contas a toda velocidade, é extremamente boa em cálculos mentais. Tem uma ortografia quase perfeita. Ainda assim, teima em colocar um acento circunflexo no o da palavra idioma. Ela não tem medo de muita coisa, mas tem duas grandes e importantes fobias, mariposas e estátuas, todas elas. Ela não pode ficar em um quarto com uma mariposa. Diz que odeia sua faceta imprevisível, que não sabe nunca para onde vão voar, que são instáveis, desconcertantes, versáteis. Quanto às estátuas, tem medo de que elas ganhem vida de repente. Que de mortas, se tornem vivas.

Ela é tão bela quanto os nus de Bonnard. Tão rosa e amarela quanto os seus rosa e amarelos, tão comovente quanto as mulheres que ele pinta, igualmente delicada e igualmente frágil. Ela poderia ser minha modelo se eu soubesse pintar. Ela posaria para mim, em todos os tipos de luzes, ela seria ainda mais bela que nos quadros anteriores. Seria a mulher ideal, a mulher tenebrosa e esplêndida, um ícone.

Ela olha a cicatriz em meu corpo, deixada pela cesárea. Não diz nada, segue com o dedo a linha branca logo acima dos meus pelos negros e espessos, enxuga minhas lágrimas com a outra mão, sussurra que me acha bonita, ela não sabe que isso não me consola, que eu gostaria de ter uma beleza à altura da sua, um destino à altura do seu. Ela parece uma personagem de romance. Não se dá conta de que é doloroso, para os outros ao seu redor. Ela é cheia de vida.

71

Ela ri de prazer quando percebe que eu menti, que não vamos ao teatro, mas à Gare de Lyon, pegar um trem para Marselha. Ela pergunta desde quando estou preparando essa surpresa, quer saber de todos os detalhes, como eu fiz para me organizar, para avisar o quarteto, e ainda sua família, com quem ela deveria passar a Páscoa. Em Marselha, o tempo se estende ao infinito. Ela goza inúmeras vezes, na mesma manhã. Aperta forte minha mão quando eu a levo a passeios em meus lugares preferidos, da Vieille Charité às pedras de Malmousque. Ela se banha de calcinha na água glacial de abril, com um sorriso de orelha a orelha e os mamilos eriçados. No último dia, ela me dá um tapa, um tapa preciso, de estalar, que faz minha cabeça virar. Ela não se dá conta de que estamos na Rue Consolat.

Saem juntas, ela e a criança, enquanto ainda estou dormindo, compram os primeiros aspargos e os primeiros morangos. Ela diz faça um pedido, minha querida, quando coloco um morango na boca. Ela não imagina que meu pedido é para que tudo isso enfim acabe, sua inconstância, seus caprichos, suas loucuras, sua loucura. Ela não imagina a que ponto eu preciso ser consolada.

72

Para comemorar o primeiro aniversário de sua audácia, de sua confissão que dilacerou os ares do mês de março, ela me dá de presente uma viagem a Veneza. O trem noturno foi cancelado. Ela diz que não faz mal, e reserva para a gente dois lugares em um avião, no último minuto. Ela sempre acha soluções. Navega nas ondas da vida com um entusiasmo que nos força à admiração. A vida e o mundo devem girar segundo sua conveniência, de acordo com seu desejo todo poderoso. Ela é cheia de vida.

No trem que nos traz de volta de Veneza, entre Grenoble e Paris, ela tranca a porta da nossa cabine e se despe lentamente, sem uma palavra. Ela se oferece a mim, assustadoramente bela, as coxas abertas para seu sexo úmido do início de manhã, a cortina da janela aberta para a paisagem úmida do início de manhã que desfila em uma neblina de verdes.

73

Ela adora ler para mim romances em voz alta, ela imita as diferentes personagens fazendo vozes diferentes, agita os braços para reproduzir os diálogos. Ela não consegue fazer nada no forno, apesar de seus inúmeros esforços. Ela fala pegar um cinemucho, ir na piscinucha. Chama de partiturucha as suas partituras, onde está aquela partiturucha de Brahms, eu perdi a partiturucha do 132 de Beethoven, você por acaso viu minha partiturucha de Schubert. Ela perde coisas o tempo todo, acha, perde de novo.

Ela me leva à Filarmônica para escutar sonatas de Schubert, desliza sua mão na minha quando a emoção é forte demais. Ela abre os olhos, de manhã, e me fixa intensamente dizendo que é preciso parar com essa história, que isso vai matá-la. Ela me leva ao Théâtre de la Ville para ver um espetáculo de Pina Bausch, aplaude com força e grita bravo para os dançarinos e dançarinas, em pé, por muito tempo, ela vocifera bravo, bravo! Ao seu lado, enrubesço de vergonha e de orgulho ao mesmo tempo. No cinema, as luzes se acendem, ela é um divertido espelho, seu rosto inchado de lágrimas reflete meu rosto inchado de lágrimas. Ela diz nossos corações batem na mesma cadência, que loucura essa sintonia, que loucura essa comunicação. Ninguém pode entender isso, ninguém.

Ela me liga no meio da noite. Chora todas as lágrimas do seu corpo. Diz basta. Ela não percebe que, do outro lado da linha, me afundo em lágrimas, sufoco, bêbada de sofrimento, que todo meu corpo dói de tanto que é impossível imaginar a vida sem ela. Ela me bate e minha bochecha conserva, por muito tempo, a marca vermelha dos seus dedos espalhados na minha pele branca. Ela diz que acha melhor nos separarmos, mas em uma hora chega com a programação da nova temporada do nosso teatro preferido, ela quer que reservemos uma série de espetáculos para o ano que vem, ela faz planos, está alegre como um passarinho.

74

Ela que ir ao cinema comigo, quer fazer amor, depois quer que adormeçamos uma nos braços da outra, quer que paremos de nos escrever e de nos falar por alguns dias, quer comer comida japonesa comigo, quer que passemos o fim de semana no campo para relaxar, quer que eu pare de chorar, quer ir a uma festa sozinha, quer não ter responsabilidades, quer ser leve, quer ser livre.

75

O mês de julho chega como um bumerangue. Paris está asfixiada, não há sequer uma brisa. Ela sorri quando descobre a bolsa de couro amarela que lhe dou de presente de aniversário. Ela me dá, no mesmo dia, uma roseira vermelha que morre imediatamente, nos dias seguintes, pois o calor é forte demais. Ela nos encontra de surpresa, a criança e eu, em nossa viagem de férias, à beira-mar. Ela dirige tão rápido na estrada que é parada pela polícia por excesso de velocidade. Ela esconde um presente em minha mala, uma echarpe de estrelas. Dá gargalhadas, se diverte com tudo, é uma criança, tem seis anos e meio quando faz castelos de areia durante horas, quando constrói para minha filha um barco com materiais reciclados. Ela parte, a vida volta a ser morna e tediosa de morrer. Ela passa na France Musique com o quarteto, se emociona quando conto, por telefone, que bati na porta de toda a vizinhança implorando que me emprestassem um rádio, que busquei um lugar onde pudesse captar bem as ondas e que eu a escutei religiosamente, deitada na grama, no meio dos insetos, o ouvido colado no rádio.

76

Ela diz que não, nunca, será que estou escutando direito, ela nunca vai andar num carrossel como esse, que vira de cabeça para baixo, que faz o coração palpitar, que dá vontade de vomitar. Ela não escuta quando recito baixinho o poema de Max Jacob, cavalgam os carrosséis, de tanto cavalgar carrosséis já não há... o que mais não há?... a coragem de brincar, fica irritada quando rio dela, quando digo que ela é mulherzinha, ela diz bom está bem, vamos, eu vou com você, senta ao meu lado na cabine e grita até quase estourar meus tímpanos quando começamos a girar na noite quente. Ela está com um sorriso de moleca quando descemos, diz que quer recomeçar agora mesmo, diz mais uma vez, mais uma vez, mais uma vez, é uma criança, eu amo uma criança. Ela diz é mágico o parque de diversões, me sorri na frente da barraca com neons berrantes piscando *no limits*, não escuta quando continuo recitando para ela o poema, viva sua vida, cavalgue seu carrossel.

"Mon manège à moi" é uma canção composta por Norbert Glanzberg, em 1958, com letra de Jean Constantin, que por engano trabalhou em uma música que faria parte da trilha sonora de *Meu tio*, o filme de Jacques Tati, e que não estava destinada a se tornar uma canção. Tornou-se um dos maiores sucessos de Édith Piaf.

A canção diz: Você faz minha cabeça rodar, meu carrossel é você.

77

Ela se assusta quando volto bêbada, uma noite em que ela cuida da minha filha, tão bêbada que estou com os dentes manchados de vinho, os lábios manchados de um marrom-escuro. Ela não percebe que estou exausta dessa vida que ela me propõe, dessa vida que vai rápido demais e à qual ela não quer se entregar por completo, de sua instabilidade, sua incerteza, seus abandonos e seus caprichos, seus rompantes de princesa.

Ela não suporta mais nada, odeia que eu esteja cansada, que eu queira dormir cedo, quer conversar a noite toda, quer fazer amor sem trégua. Ela diz não tenho mais amor por você e o chão se abre sob meus pés. Ela me espera na saída do colégio, como antes, com um buquê de margaridas. Ela me acompanha a um casamento onde toca violino para meus amigos. Ri das brincadeiras da minha filha. Ela fica brava comigo, bate em meu peito com os punhos cerrados, suplica que tudo isso enfim acabe. Ela me liga e se oferece para nos levar à praia, diz arrume suas coisas e eu passo para buscá-las amanhã bem cedo. Ela me beija como pela primeira vez na beira da estrada entre Paris e Honfleur. Sarah é isso, imprevisível, instável, desconcertante, versátil, aterrorizante como uma mariposa.

78

Ela me sorri quando a criança adormece no colo dela, babando em seus seios durante *A sagração da primavera*, que vamos todas as três ouvir. Ela me ajuda a confeccionar o calendário de Natal para a criança, ela tem seis anos e meio quando esconde surpresas, é uma criança, eu amo uma criança. Ela prepara um bolo de laranja, um curry de frango, um tajine de limões em conserva. Está entusiasmada para passar o Natal comigo pela primeira vez. Experimenta um vestido em uma loja, me leva ao provador, fecha a cortina atrás de si, faz amor comigo em pé contra o espelho. Ela me insulta em um trem RER lotado, diz que não aguenta mais, que realmente, essa história precisa parar. Ela me acompanha ao *hammam*, se deixa lavar e massagear pelos vapores turvos. Compra dois quilos de tangerina de uma só vez, devora a metade no metrô que nos leva a Lilas. Ela dança boa parte da noite em um aniversário para o qual somos convidadas. Ela é cheia de vida.

Ela pede mais rum em seu mojito, em um bar em Saint-Germain-des-Prés. Faz uma voz que não conheço para dizer, mas afinal eu pedi um mojito, só tem limonada com hortelã aqui, como você explica isso. Ela finge não ver que, na cadeira à sua frente, enrubesço de vergonha. Ela me dá uma piscadela quando o garçom volta com um copo cheio de álcool. Tilinta seu copo no meu para brindar à bebedeira grátis. Diz a você, meu amor. Depois ela fica sombria. Quer acabar com essa história, dessa vez não está brincando, é pra valer. Diz não quero mais ter notícias suas. Diz não darei mais notícias minhas. Ela bebe seu mojito com canudo. Diz você me sufoca. Ela me vê chorar, o ar severo, os braços cruzados.

79

Sarah é isso, sua beleza desconhecida, cruel, seu nariz austero de ave de rapina, seus olhos de sílex, seus olhos mortais, assassinos, seus olhos de serpente de pálpebras caídas.

80

Ela não me telefona. Não corre atrás de mim na rua, nos corredores do metrô. Ela não me escreve nos dias seguintes, não pede para irmos ao teatro, ver o mar, visitar um jardim, tomar um chá, comer comida japonesa. Não pede notícias minhas, não pede notícias da criança. Ela não sabe que meu corpo inteiro queima, que minha cabeça é um braseiro contínuo, que eu nunca senti uma dor física tão surda e tão forte. Ela sai da minha vida como entrou, cheia de vigor. Vitoriosa.

À noite, volto do colégio na noite azul e rosa falando sozinha. A falta de Sarah me faz tremer. Passo meus dias chorando, as lágrimas correm sem um ruído por minhas bochechas, por meu pescoço e vão morrer em meus seios. Meus olhos estão inchados e minhas bochechas queimadas de sal. Vou ver *Mamma Roma* no cinema, em um dos cinemas aonde íamos, tremo de frio, bato os dentes, não entendo nada do filme, nada de nada. Caminho longamente em Paris, sob a chuva. Falo sozinha, como uma perdida. Caminho em Paris, muito. Passo de novo e de novo sobre o rio. Estou sempre correndo, atrás do ônibus, atrás dos pombos, atrás dela. Caminho pela minha cidade. Será que andamos tanto assim, a ponto de cada canto da rua me trazer uma recordação sua? Não há uma maldita vitrine, um maldito café, um maldito refrão, uma maldita faixa de pedestre, uma maldita cor de céu, um maldito cinema, um maldito perfume, um maldito mendigo que você não tenha assombrado, bruxa? Pego um trem noturno para a casa saída de um conto, onde dançamos *boogie--woogie*. Vou a Marselha, pego um ônibus para Malmousque, grito sobre as pedras pontiagudas, grito de rasgar os pulmões. Eu daria qualquer coisa para ela estar aqui comigo, de calcinha, se banhando na água gelada e dourada. Vou visitar a Cité Radieuse, arrasto minha carcaça pelos ônibus marselheses. Radiante, sei. Radiante uma ova. No topo do edifício, tenho vertigens pensando que eu poderia pular, tanto o silêncio dela me adoece. No topo do edifício de Le Corbusier, me deito de costas e choro por muito tempo, sob o olhar perplexo dos turistas que contornam meu corpo delicadamente, sem dizer palavra, com o ar obsequioso. É março. Primeiro de março, Marte, Marselha, a cidade da cura, da resiliência, a cidade astral. Sinto meu corpo queimar, mesmo sem a água do mar. Todas essas cicatrizes, e esse fogo em meu ventre quando vislumbro você, e todas as noites essas imagens suas, que vejo passando no teto como cometas, e a *maison du fada*, que você adoraria, e as minhas andanças por lugares fétidos, que te comoveriam. Tenho luz em meus olhos, a grande luz, tão branca e tão franca, quase ácida. A luz de Marte penetra os ossos, reacomoda o esqueleto, regenera a alma. É bom saber que você compartilha esse cosmos comigo.

81

Em outro dicionário médico. Latência: após um trauma psíquico, período de tempo compreendido entre o acontecimento e o aparecimento da síndrome de repetição na neurose traumática. Aparentemente silencioso, esse período é comumente marcado por introspecção, dificuldades de adaptação, estados depressivos ou, ao contrário, euforias paradoxais. Tem geralmente uma duração de semanas ou meses, podendo também ser muito curto ou se prolongar por anos.

82

Na Gare de Marseille, um sobressalto. É março, dois anos após o estalido do fósforo, o cheiro de enxofre e a confissão dada como um presente. É março, faz várias semanas que não ouço o som da sua voz. Ela disse não quero mais saber notícias suas, não te darei mais notícias. Ela me esgotava, mas sem ela eu morro. Não consigo, é muito difícil. Prendo a respiração quando meu telefone toca no vazio, uma, duas, três vezes. É ela. Ouço sua voz. Ela diz alô. Alô. Ela é cheia de vida. Ela parece triste, um pouco abatida, está com a voz da tristeza, uma voz que conheço bem, abafada, velada, desprovida de todo amor e de toda maldade. Meu coração se aperta. Faz um pouco de frio, de repente, na plataforma 2, na Gare de Marseille. Há um longo silêncio. Ouço sua respiração e quero engoli-la. Olho meus pés, e depois o céu. Ali, para além dos trens, vejo uma nuvem que se une às nuvens.

Ela diz eu queria te ligar sabe, mas não consegui, pois preciso te contar algo, estou doente, é grave, estou com câncer de mama.

II

1

É uma primavera quase como outra qualquer, de deixar qualquer um melancólico. Uma primavera maluca, cheia de noites quentes e chuvas frias. Nesta noite úmida, não consigo tirar os olhos do seu corpo nu e da sua cabeça cerosa. Da sua silhueta de morte. Uma última vez, observo cada parte do seu corpo, esse corpo que amo tanto. Quero gravar em mim, para sempre, os dedos dos seus pés como garras, a fineza dos seus tornozelos, o arredondado comovente das suas panturrilhas, a maciez das suas coxas, seu estranho sexo sem pelos, de criança e de mulher velha, seu ventre indulgente. Quero gravar em mim, para sempre, a beleza dos seus seios. Não quero olhar seu rosto. Tenho medo de vê-la dormir. Tenho medo de vê-la morrer. Tenho medo de querer abraçá-la uma última vez. Tenho medo de acordá-la. Tenho medo de ela voltar à vida.

Ali, ela dorme, enfim. Ela está morta.

Levanto sem fazer barulho, nesta madrugada suja e cinza, repugnante, deixo o quarto na ponta dos pés. Meu coração bate a mil por hora. Não tenho tempo para me trocar, enfio todas as minhas roupas na bolsa, calço os sapatos, dou uma olhada neste lugar onde me senti em casa. Me atenho, por um instante, a uma luminosidade rosa no canto direito da sala. São as flores de magnólia que se chocam contra o vidro, grandes e belas flores de magnólia, as pétalas abertas cheias de orvalho e luz. Abro a porta da frente, fecho-a sem fazer barulho. Estou com roupas de dormir neste dia que começa. Na rua, não olho para trás, corro com toda a minha força. Corro em disparada nas ruas desse subúrbio que conheço de cor. Receio que ela me siga, como já aconteceu tantas vezes, que me puxe pela manga, que tudo recomece. Chego no metrô, ofegante, desço os degraus de quatro em quatro, empurro com o quadril a catraca, me jogo no metrô que parte imediatamente, Deus, obrigada. O metrô me leva. Já estou longe. Não a verei mais. Ela está morta. Não sentirei mais seu cheiro. Ela está morta. Não acariciarei mais seu corpo, não farei mais amor com ele. Ela está morta. Não mais verei sua boca, transtornada, dizer que ela não me ama mais, que não está mais apaixonada por mim. Estou salva.

O metrô parte na noite escura. Retomo o fôlego. Engulo a saliva com gosto de ferro, gosto de sangue. Passo as mãos no rosto. Meus dedos permanecem com o cheiro do seu sexo. Respiro esse cheiro como uma perdida. Meu amor. Meu amor morto. O cheiro, em meus dedos, do sexo do meu amor morto.

Preciso partir. Rápido. Não ficar nesta cidade. Por dois dias, três, talvez, caminho por Paris, muito, quase sem parar. Noite e dia. Passo de novo e de novo sobre o rio. Corro o tempo todo. Atrás do ônibus, atrás dos pombos, atrás dela. Caminho por minha cidade. Será que andamos tanto assim, a ponto de cada recanto me trazer uma lembrança dela. Preciso pegar um trem, um avião. Um barco. Ir embora. Rápido. Receio que me encontrem. Que saibam o que fiz. Receio que ela me descubra. A morte nos meus calcanhares. É ela, a morte. Sarah a morte. Receio que ela me capture de novo em suas redes. Não quero mais ver seus olhos. Seus olhos tão bonitos. Seus olhos caídos.

Tento respirar calmamente, refletir. Preciso ter um plano. Um plano de ação, um plano de ataque. Preciso sair daqui. Ela está morta, porra. Ela não me ama mais. Ela não quer mais me amar. Não quer mais saber das manhãs bem cedo em que o rádio nas alturas não é capaz de separar nossos corpos, estupefatos de tanto se amarem. Não quer mais os risos ao telefone, a alegria de nossas palavras combinarem tanto, de nossas piadas se encontrarem, de nos afinarmos tão perfeitamente que a vida soa harmoniosa o tempo todo. Não quer mais viagens, escapadas, fugas. Não quer mais encontros que fazem o corpo todo vibrar, as mãos tremerem, a barriga revirar. Ela está morta. Não tenho certeza. Mas acho que ela morreu, numa noite de primavera. Uma primavera quase como outra qualquer, de deixar qualquer um melancólico. Fui eu quem a matei. Não tenho certeza. Mas acho que fui eu quem a matei. Ela dizia que não me amava mais. Ela tinha essa doença em seu seio, dentro de seu seio. Os seios que eu lambia, enquanto ela me sorria. Dizia meu amor, meu amor. E aí depois, exatamente depois, ela dizia que não me amava mais. E ela está morta. Talvez. Eu não conseguia tirar meus olhos do seu corpo nu e da sua cabeça cerosa. Do seu cadáver.

2

Minha menina. Minha criança tão doce, tão divertida. Minha criança viva, retirada com vida do meu ventre; que maravilha. E que, desde então, não para de viver e viver sempre. Precisarei deixá-la. Vou partir. Sem ela. Para o mais longe possível. Para esquecer o semblante de Sarah sob a luz repugnante do início da manhã. Seu semblante pálido sob a luz pálida.

Vou fugir para arejar as ideias. Respiro muito rápido. Meu corpo inteiro dói. Sei o que preciso fazer. Meus gestos são vivos, precisos. Me equilibro na ponta dos pés para remexer na parte de cima do guarda-roupas. Minhas mãos tateiam, finalmente tocam a alça, puxo e a mochila cai na minha cabeça. Minha mochila vermelha. Abro, zip, zip, os dois zíperes. Coloco uma calça, algumas camisetas, calcinhas, um grande lenço e uma blusa quente. Me visto. Mais uma calça e mais uma blusa. Não pego saia, não pego vestido, não pego camisa. Estou fugindo. A morte nos meus calcanhares. Será que ela acordou, a essa hora? Lá, no apartamento das magnólias? Será que ela fica surpresa por não me ver ao seu lado? Ela deve estar se perguntando aonde fui, depois dessa noite que passamos encostadas uma na outra. Corpo com corpo. Talvez ela pense que saí para comprar o café da manhã. Que vou voltar. Vou sorrir para ela. Trarei comigo uma sacola de papel com dois pequenos *pains au chocolat*. Uma sacola de papel kraft, um pouco engordurada. Como todas as manhãs do mundo depois das noites de amor. E meus dedos, ainda com o cheiro do seu sexo, apertados sobre o saquinho de papel. Mas não. Ela está morta. Eu sei. Ela não vai voltar à vida. Não vai voltar à razão. Não vai me ligar. Não vai dizer que se enganou, que me ama, que preciso voltar. Vai ficar ali, deitada na cama. A dama das magnólias. Eu sei. E acharão seu cadáver, no momento do dia em que a luz rosa das flores formará uma coroa de sombras chinesas em sua cabeça nua.

Uma passagem de avião barata. É isso que compro, clicando nervosamente na primeira oferta que aparece, sem refletir sobre nada, nada. Quando penso que é algo que comumente se sonha em fazer, comprar uma passagem só de ida, uma passagem para a aventura, algo que se anseia com o espírito para se acalmar quando a vida se torna complicada demais, cansativa demais, as crianças barulhentas demais, enfim, vou me mandar para longe e deixá-las aqui, vou pegar um avião e nunca mais voltar, recomeçar uma vida em outro lugar, sem que ninguém saiba onde, sozinha e feliz. Eu não reflito, eu clico, de novo e de novo, confirmo, digo sim a tudo que o computador pergunta, sim, sim, sim, não tenho escolha, preciso ir embora, esquecer seu semblante de morte, sua cabeça cerosa e o gosto de sangue em minha boca. O avião decola bem cedo no dia seguinte, tão cedo que decido dormir no aeroporto, então é isso que faço, parto, com minha mochila vermelha nas costas, bato a porta do apartamento sem saber quando volto, dentro de alguns dias, algumas semanas talvez, sim, é isso, algumas semanas, quando tudo isso estiver meio diluído, quando eu puder respirar normalmente de novo, e as imagens horrendas estiverem desaparecido em meio a todas as outras imagens horrendas que conheço, a pilha repleta de pelos grudados dos gatinhos afogados na pia da casa de campo, a senhora jogada no chão por um caminhão na faixa de pedestre em frente aos correios, as imagens da liberação dos campos de concentração vistas em uma sala com cortinas fechadas em um dia extremamente quente, as torres do 11 de setembro e as pessoas que se atiravam pelas janelas do alto dos edifícios, o enforcamento hipnotizante de Saddam Hussein com seu corpo grande de fantoche desmontado no alto de uma corda.

No RER, adormeço rápido. Faz dias que caminho por Paris para que não me encontrem, que me escondo em livrarias para escapar das chuvas geladas que contrastam com as noites quentes que passo na beira do Sena, cochilando próxima à água agitada, que se debate como se lutasse contra um inimigo obscuro. Adormeço, embalada pelo movimento do trem que atravessa periferias desconhecidas, todas me parecendo possíveis terras de asilo, pois seus nomes nada me dizem, La Courneuve, Le Blanc-Mesnil, Sevran-Beaudottes, Villepinte. Quando chego no aeroporto, imediatamente me sinto um pouco melhor. Quase segura. É certo que aqui ela não vai me procurar. Seus olhos não me encontrarão. Tampouco seu sorriso de vampiro. Aqui, não me encontrarão. Não me dirão que ela está morta. Em seu banho de magnólias. Que ela nunca acordou. Não me perguntarão o que sei, não me interrogarão sobre sua última noite, sobre minha saliva com gosto de sangue, sobre minha fuga desesperada. No ventre do aeroporto imenso, desapareço. Me torno uma dessas figuras anônimas com as quais ninguém se importa. No *duty free*, compro o suficiente para um bom jantar, para comemorar. Coisas que nunca como. Doces em pacotes enormes. Experimento diversas sombras de grandes marcas de luxo. Não tenho pressa.

Eu me tornei alguém desconhecida. Ninguém sabe que estou aqui. Ninguém me dirige a palavra. Olho as garrafas de bebidas alcoólicas, suas belas caixas decoradas, folheio com vagar os guias da Itália. Quase me alegro com essas férias forçadas. Penso na minha filha, no que lhe direi quando voltar. Por enquanto, deixei-a na casa dos avós. Sei que ela deve estar dormindo, enfiada debaixo de um edredom, feliz com esses dias improvisados. Direi que fui cuidar de uma ferida de amor na Itália. Tudo isso se tornará uma história lendária que contaremos na hora do café, na mesa de família, em um almoço de domingo. Minha filha dirá que, de fato, sua mãe era uma personagem de romance. Sim, isso é muito romanesco, fugir para se curar de sua paixão, abandonar a filha por um tempo para cicatrizar o coração. Paro um instante em frente aos frascos de perfume bem organizados. Acho o de Sarah em uma prateleira. Pego e borrifo uma gota em meu pulso esquerdo, que elevo até o nariz. A dor é imediata. Minha barriga se contorce. Mordo o punho para não gritar. Saio da loja correndo, minha sacola de plástico com os doces em uma mão, meu lenço na outra. Corro sempre em frente até a vidraça que dá para a pista de decolagem, até não poder seguir mais. Lá fora está escuro. Esbarro na noite. Luzes laranja piscam sobre as pistas. Grandes aviões tranquilos e plácidos ficam ali parados, esperando para serem preenchidos com viajantes. Tudo está tão calmo. É como se, de repente, eu não ouvisse mais nada, como se um grande silêncio tivesse caído sobre o mundo. Desmorono encostada no vidro. Tenho a impressão de que vou vomitar, mas começo a soluçar, angustiada, prostrada, destruída.

3

A noite é longa, povoada de imagens de Sarah em um cenário de burburinhos incessantes da vida agitada no âmago do aeroporto, o barulho das malas sendo puxadas, dos atrasos, dos anúncios, das pessoas que choram, que telefonam, que estão entre a vida e a vida, neste momento em suspensão em que não sabemos mais muito bem onde estamos, o que fazemos e por que fazemos. Um fascínio estar aqui, em plena noite, um fascínio estar aqui, em vida, em plena vida, apesar do sofrimento ensurdecedor que me preenche completamente e do desespero que ruge no mais profundo de mim.

Um pesadelo. Todas as vendedoras das lojas do aeroporto, todas as comissárias de bordo, todas as passageiras do sexo feminino se chamam Sarah. Existe um só nome de mulher, o dela. Certamente, eu mesma também me chamo Sarah, quero verificar meu passaporte, procuro, primeiro calmamente depois muito nervosa, reviro os bolsos do meu casaco cinza, nada, os bolsos externos da minha mochila, nada, começo a entrar em pânico, o que quero mesmo é fugir, entrar num avião, acabar com tudo isso, mas sem passaporte não conseguiria, isso é certo. As pessoas falam umas com as outras, e como todas as mulheres se chamam Sarah, é uma confusão enorme, ninguém sabe a quem responder, escuto seu nome por todo lugar, nas bocas dos caras que beijam aquelas que vão pegar o avião, tchau Sarah, meu amor, nos gritos dos pais que repreendem suas filhas, nos anúncios dos alto-falantes. Vou à delegacia do aeroporto para relatar a perda do meu passaporte. O policial pergunta meu nome para registrar minha queixa. Dou. Ele dá uma gargalhada, e com um tom sinistro, me responde, mas não é possível isso, só as Sarahs sobreviveram.

Estou encolhida nas cadeiras de plástico. Tenho frio. Tenho dores. Tenho saudades dela. Cadê você, sua idiota?

Entro no avião enquanto a noite se esvai. Sei que para além das nuvens o dia nascerá, que alívio. Não olho meus companheiros de aventura, não estou interessada em saber com quem compartilho esta viagem. Em breve estarei no céu, é tudo o que importa. O grande avião tranquilo e bondoso decola. Nariz contra a janela, contemplo toda essa distância entre ela e eu e tenho vontade de rir. Está feito, acabou. Estou salva. Um milagre. A imagem da minha filha me atravessa, penso na vida que levamos, as duas. À noite, quando a encontro no pátio da escola sob uma luz bonita, as bochechas rosadas de tanto brincar, a alegria imensa de ver suas perninhas que se aceleram quando ela me vê e sentir o impacto do seu corpo contra o meu. Nossas compras em Paris, nossas andanças de metrô, nossas saídas à noite durante a semana, mesmo que fossem leves, ela estaria cansada no dia seguinte. Acho que ela se parece com essas crianças do entreguerras, esses milhões de rostos que analisei minuciosamente em velhos livros empoeirados procurando só Deus sabe o quê. Os momentos que passamos deitadas no tapete marroquino do seu quarto, nos dizendo coisas, eu ouvindo ela me contar como é a vida quando se tem quase quatro anos, os medos que já sentimos no fundo da barriga, as esperanças que nutrimos, os sonhos que sussurramos e os prazeres que encaramos. Talvez eu devesse avisar ao seu pai, dizer que estou indo à Itália, que volto em breve e lhe pedir, sobretudo, sobretudo, para cuidar bem dela, explicar que preciso resolver algumas coisas, mas logo mais estarei de volta. Dito desta maneira, parece coisa de máfia, e nem tenho certeza de que ele possa compreender. O silêncio é sempre melhor. De todo modo, ele se dará conta quando perceber que não atendo mais o telefone, que as batidas na minha porta permanecem sem resposta.

Pela janela, admiro o contorno das ilhas orladas de areia, o terreno recortado ao modo europeu, florestas derrubadas e a terra nua e virgem parecendo tosada, é isso, tosada. Os rochedos da ressaca sobre a terra, como uma conquista que não tem fim. Os últimos solavancos do avião que, de longe, deve parecer um pássaro se sacodindo numa poça de água da chuva em um dia ensolarado.

Tinha esquecido como a aterrissagem pode fazer mal aos ouvidos. Mas me regozijo com cada dor. Minhas costas entrevadas, certo, meu pescoço tenso, o.k., meus tímpanos prestes a explodir, por que não, cada dor no corpo me faz esquecer por um instante que seja a dor do coração, a dor que tenho de viver sabendo que ela está morta, que talvez ela esteja morta, a dor de ter matado meu amor, de não ter podido morrer em seu lugar. O esplendor fugaz das montanhas que cercam o lago de Garda por um momento faz perder o fôlego. Então é assim? A vida pode parar, o amor pode morrer e este mundo pode continuar, logo aqui ao lado, ao mesmo tempo, no mesmo espaço, resplandecendo de beleza?

4

A chuva cai sobre meu rosto em chamas e se mistura às minhas lágrimas escaldantes. Estou com calor, muito calor, não há ninguém nas ruas milanesas por onde caminho perturbada, e essas gotas me fazem muito bem, são as gotas pesadas do fim de abril, eu as escuto quase explodir uma a uma quando tocam o chão, tamborilantes como um sapateado. A chuva traz o cheiro de ostra e o gosto de saquê, sinto a presença logo acima de mim de uma imensa nuvem cinza carregada de mar, vinda, sem dúvida, diretamente do oceano. Saí ao meio-dia do aeroporto e continuo fugindo, literalmente, se não estivesse tão cansada começaria a correr. Me enfio em uma entrada de metrô e meu corpo decide por mim, ele escolhe as baldeações a serem feitas e me encontro na linha que chega lá, no apartamento de Isabella, a quem eu disse que vinha, que era uma urgência, que não iria ficar.

Não há ninguém no vagão, aliás, não há ninguém em lugar algum, me pergunto se ainda está chovendo, fecho os olhos por um instante. E, de repente, o metrô acelera em uma subida, se prepara para emergir do túnel negro que o confina e é como uma criança saindo das entranhas da sua mãe, o vagão vibra cada vez mais, vem esse instante em suspensão, não mais que um segundo talvez, e enfim tudo jorra, de repente a cor, de repente os barulhos, de repente o ar. O sol inunda o vagão completamente vazio, mas isso não tem mais importância, estou tão fraca, encolhida em meu assento, sou esse bebê expulso da mãe cidade, tenho o rosto inchado dos boxeadores em início de carreira, os ouvidos que zumbem, uma vontade de gritar porque está difícil respirar e uma explosão em minha cabeça porque. Porque há muito tempo, levantávamos cedo no domingo de manhã para ver filmes em nosso cinema preferido. No horário em que as pessoas estão apenas começando o domingo, pegávamos o metrô de volta para almoçar, meio grogues por termos passado, ainda sonolentas, duas horas na escuridão do cinema. Deitávamos no canto do vagão onde há seis assentos, uma fila de três diante de uma fila de três, e, embaladas nessa outra escuridão por balanços e solavancos, esperávamos uma só coisa, esse momento preciso em que o metrô sai do subterrâneo para encontrar o mundo lá fora. Deitadas de costas, os olhos arregalados, espiávamos o céu que aparecia de repente, e a luz que nos embevecia e nos fazia virar a cabeça por um breve instante. E depois, sempre, com a voz que amo tanto, ela dizia, você viu esse sol, minha bela?

5

E, ainda assim, este gosto de sangue que não me deixa. Assassina! parece que leio em todos os lábios, todavia italianos. Assassina! Louca perdida! Mão funesta! Eu a matei quando ela já morria, naquela noite sombria, eu a matei porque não suportava que ela morresse, não suportava que seus lábios se entreabrissem para dizer eu não te amo mais, não suportava que ela sofresse, que ela sofresse de uma doença que eu mesma enfiara em seu seio, o seio esquerdo, o lado do coração, uma doença como uma adaga em seu coração, e eu dona da mão que segura a faca. Eu a matei porque me era impossível viver com ela, ao seu lado, ser sua companheira, seguir juntas na estrada, eu a matei porque ela preferia a música, eu a matei porque não suportava a visão de seu corpo esquálido, sua cabeça cerosa, sua silhueta de morte. Eu a matei porque ela tinha caprichos de diva. Eu a matei porque a odiava, porque a amava tanto que queria morrer em seu lugar.

Enfim, não tenho certeza. Não sei mais o que aconteceu de fato. Tínhamos feito amor. Um crime é quase a mesma coisa, no fundo. Então talvez ela não esteja morta, talvez esteja tocando violino, ali, em sua casa banhada pela luz rosa das magnólias. Provavelmente ela está estudando o octeto. Lembro disso, sei como é.

6

Isabella logo chega. Estou esperando há apenas alguns minutos na praça onde ela marcou o encontro quando a vejo surgir com um sorriso imenso. Ela vem com um belo vestido preto, botas de camurça muito elegantes, óculos de sol que prendem seus cabelos. Suas bochechas estão rosadas. Ela grita *ciao* quando me vê do outro lado da rua e, por um instante, esqueço tudo. Ela atravessa correndo, me beija com força e me abraça com mais força ainda, um grande *abbraccio*. Ela diz olhe bem onde estamos, para que você sempre ache o caminho. Esta praça é a piazza della Conciliazione. Escuto: consolação.

Ela mora bem perto, em um apartamento grande todo branco com um piso antigo. Ela tem um escritório com estantes de livros que vão até o teto, três gatos que passeiam altivos pelos grandes cômodos, uma cozinha suntuosa com uma mesa imensa de madeira que dá vontade de usar imediatamente, para beber um café, escrever algumas linhas, e uma varanda onde se pode ler perto de um jasmim com um cheiro divino. Eu me sinto em casa na hora, abrigada, protegida, subtraída do mundo. Ninguém virá até aqui me procurar, certeza, e ninguém me conhece aqui, sou transparente, ignorada, incógnita. Inocente.

Não sei quando voltarei a Paris, digo a Isabella, gostaria de visitar um pouco seu país, ir um pouco além de Milão, talvez até Nápoles, pegar trens noturnos porque não tenho dinheiro e porque adoro isso mais que tudo, sim, por que não até Nápoles, queria acordar à beira-mar, em uma cidade que brilha e que fede tanto quanto Marselha, é essa a imagem que tenho de Nápoles, é isso mesmo, ela fede, Nápoles? E preciso disso, penso sem lhe dizer, preciso do mau cheiro para cobrir o odor do sangue que não sai de mim, que me segue como uma nuvem púrpura carregada de chuva sanguinolenta, o odor que sinto em todo lugar, do qual estou impregnada, que escreve em minha testa *assassina*. Nápoles, ela pergunta e dá uma gargalhada, com sua risada estridente, mas isso é o fim do mundo, *carina*, Nápoles é o Sul, é quase outro país, sabe, outra vida. Sussurro que é isso mesmo, é isso que quero, outra vida.

7

Eu me lembro disso, da vida suspensa, dessa vida colocada em pausa, em que eu existia num estado de apneia, de gravidade zero. Eu esperava, sim. Flutuava pelos dias que passavam, flutuava tentando fazer de conta que nada tinha acontecido. Acordava com náuseas e estava cansada no meio do dia, um cansaço insuportável, devastador, como se fosse eu quem tivesse ido ao Japão. Tentava lhe contar, por Skype, quando conversávamos um pouco em horários inacreditáveis. Em uma só voz, contávamos os dias que faltavam para sua volta. Mais de dezoito dias. Dezoito dias ainda. Eu olhava fixamente sua boca na tela, como se minha vida dependesse disso. Seus lábios articulavam palavras de amor que me chegavam atrasadas. Quando enfim íamos desconectar, a terra japonesa começou a tremer terrivelmente e era como um enjoo contagioso, eu tinha a impressão de que meu quarto também tremia, de que meu chão tremia, meu corpo vacilava. Durante todo o terremoto, continuamos falando besteiras de nossas respectivas camas, e não pude deixar de pensar que éramos nós o terremoto, que era nossa história de amor o abalo sísmico que fazia tudo tremer a quilômetros, que era uma confusão, um cataclisma. Uma catástrofe. Eu me lembro disso, de ter pensado comigo mesma, acredite, ninguém sairá dessa ileso.

8

Desmorono no sofá do escritório da Isabella, cubro meu corpo com um tecido indiano que fica jogado por aqui. Mergulho em um sono repentino, como um desmaio. Desse estado de coma, ouço Isabella limpar um pouco a casa, tomar um banho, sair para fazer compras clac blam a porta do apartamento, tagarelar no telefone clac blam a porta do apartamento, falar com os gatos em italiano, bater as coisas na cozinha, preparar comida, bufar e resmungar em voz alta. Queria ficar aqui por toda a vida, dormindo no barulho daqueles que continuam vivendo, daqueles que não sabem, no barulho ingênuo daqueles que não fizeram nada de errado.

Quando acordo, descasco dois quilos de batata, para ajudá-la, sem um ruído e sem uma palavra. O rádio tagarela em italiano perto da gente, os gatos cochilam. Eu me pergunto vagamente o que dirá o pai da minha filha quando perceber que desapareci. Nem tenho certeza de que ele vai fazer caso, tão aéreo que é. Me sinto alheia, em uma vida parada, uma vida de outra pessoa que não sou eu. Isabella me acha pálida, me aconselha a sair e tomar um pouco de ar. Ela me indica o caminho da Trienal de Milão, que acontece no Palazzo dell'Arte, no parque Sempione. Sinto que se eu não seguir sua recomendação, se não sair imediatamente, não sairei nunca mais da casa dela, permanecerei enclausurada e prostrada neste apartamento desconhecido desta cidade desconhecida. Não pego nada, apenas visto meu casaco cinza e saio, clac blam.

No bairro, as ruas são largas, ladeadas por casas que são bem mais que casas, são palacetes, antigos casarões. Via xx

Settembre, a calçada se desfaz sob as glicínias violeta e enfadonhas. Caminho olhando essas edificações imensas, suas colunas, suas persianas escuras e arrogantes. Penso na riqueza romana, na ideia que faço da riqueza romana, decadente e inebriante. Caminho sob um sol absurdo, um sol despudorado, indecente. Um sol impossível, um sol que não mereço. O Palazzo dell'Arte é suntuoso, o jardim, magnífico. Essa beleza toda me agride, me dói, penetra minha pele como um canivete. Queria que o mundo inteiro fosse sujo como minhas mãos manchadas de sangue, que o céu fosse baixo e cinza, que o sol curvasse a cabeça assim como curvo meu rosto, vergonhoso e culpado.

Quando volto para o apartamento da Isabella, a mesa está posta perto da janela, talheres antigos e belos copos habilmente esculpidos dispostos sobre uma grande toalha branca de linho, velas iluminando a sala. Ela ri da minha cara de espanto, certamente pensa que estou surpresa e feliz com a maneira como ela me recebe, diz convidei alguns amigos para jantar conosco, ela não sabe que é essa pompa toda que me deixa perplexa, não sabe que acho isso opulento e grotesco, que faltam apenas os cachos de uva sobre a mesa para que cheguemos lá, nos romanos antigos, e que os preparativos suntuosos me dão náusea. Náusea também do belo vestido de festa que ela usa, que vem me mostrar cheia de trejeitos, náusea da sua silhueta maquiada, náusea ao escutar os convidados tocarem a campainha.

Faço um esforço, apesar de tudo, me penteio, passo um pouco de blush nas bochechas. No espelho, tento alisar o cabelo, parecer um pouco alegre. Esforço inútil.

9

Sou grata à mulher que se apresenta a mim dizendo simplesmente *ciao, sono Benedetta*, por não falar mais comigo em seguida, mas começar a cozinhar perto de mim um molho de limão siciliano para a massa, me deixando ajudá-la. Como uma marionete, copio seus gestos, amasso e misturo um dente de alho com o suco de limão que ela espreme, acrescento azeite, parmesão, misturo, misturo, misturo. Assisto, hipnotizada, os diferentes ingredientes se amalgamando para se tornarem um creme, é como se eu nunca tivesse cozinhado na vida. Os outros convidados chegam. Isabella indica nossos lugares, todo mundo senta, abrimos uma garrafa de vinho que parece caro, um vinho incrível, memorável, parece dizer um dos convidados depois de ter provado, um homem moreno com um jeito rude. Somos oito convidados. Não entendo muita coisa das conversas, todo mundo fala muito alto e muito rápido, com vários gestos e risos, entendo apenas algumas palavras que lembram palavras francesas e que me dão uma pista sobre o teor da conversa. De todo modo, pouco importa, estou aqui sem estar aqui, estou no quarto do apartamento em Lilas, perto do corpo de Sarah adormecida, perto do corpo de Sarah morta, perto da sua pele ainda quente por um instante, perto do seu belo rosto impávido, perto da sua cabeça careca e cerosa coroada pela sombra das magnólias. Lilases e magnólias, um belo buquê para uma defunta. É porque você merece, meu amor.

Sou incapaz de comer um pedaço da carne que Isabella nos serve como *secondi piatti*, vejo nela o corpo de Sarah desmembrado e fatiado perto do purê feito com as batatas que eu mesma descasquei. Olho para eles, um a um, todos os sete convidados, em seus bonitos trajes, com suas belas palavras em sua bela língua e seus belos gestos, e são todos ogros devorando o corpo de Sarah, rasgando a carne com os dentes, não deixando uma migalha sequer. Fico enjoada. Tem sorvete de toranja rosa de sobremesa, aceito com prazer, o gelado e o ácido correm por minha garganta, repelindo a vontade de vomitar. Vou me deitar sem mais, enquanto os convidados continuam lá. Adormeço imediatamente, de novo, como um desmaio em meio às vozes estrondosas dos glutões, às suas risadas de antropófagos.

10

Eu me lembro disso, sei como é. As manhãs bem cedo ao seu lado. 07h04, a rádio France Inter berra notícias sírias no quarto úmido, tenho vontade de me enfiar de novo no sono cortado e já perdido, esse sono meio morno que sucede as noites de amor vorazes, as noites de amor ávidas, devoradoras, insaciáveis, essas noites de amor em que tenho a impressão de que não sobreviveremos, de que morreremos ali, daquele jeito mesmo, aquelas noites de amor em que nos comemos o coração, é isso mesmo, em que nos comemos o coração esmagado em pequenas migalhas na palma da mão da outra, e em que choro por dentro, de tanto que queria me incorporar, me fundir, me afogar e desaparecer contra seu corpo. Eu me lembro disso, sei como é, as noites ocres percorrendo a cidade. 00h34, na noite parisiense, causamos espanto. As pessoas se voltam silenciosamente para nossas silhuetas que cambaleiam um pouco, sem nunca se entregar, para nossos rostos que irradiam o mesmo ar brincalhão, cheio de prazer, atrevimento, altivez e audácia, esse ar insolente, também, certamente, com essa impertinência que carregamos no fundo dos olhos. No táxi que nos leva de volta, fazemos as contas de tudo que bebemos, e o resultado nunca é suficiente para explicar a embriaguez que nos excita. É que a euforia vem das horas passadas juntas, da loucura dessa vida sem pausas que levamos, do tempo roubado do tempo. Lembro disso. No momento em que somos duas, a magia opera.

11

Acordo tarde, exausta como se tivesse corrido a noite inteira. Isabella já se levantou há um bom tempo, ela tagarela alegremente com dois convidados da noite passada, na cozinha. O homem moreno que continua parecendo grosseiro e que fala com uma voz extremamente grave e uma mulher de uns quarenta anos, cabelos grisalhos e ondulados, muito elegante em seu robe de seda e que, pelo que me lembro, se chama Lisa. Entendo que eles são um casal. Isabela me diz que eles não moram em Milão, que vieram passar o fim de semana, que dormiram no quarto de visitas e pegarão a estrada no fim da tarde para voltar à Eslovênia, onde moram. Ela me manda tomar um banho. Fico um bom tempo debaixo da água morna, sentada na banheira, a ducha entre minhas coxas. Penso em todas as vezes que fizemos amor, eu e Sarah, me pergunto quem tocará meu corpo agora que não a verei mais, agora que ela não me ama mais, que não me deseja mais, que preferiu morrer.

Na cozinha, a conversa segue a todo vapor. Me sinto aliviada por não entender tudo, por escutá-los falar como quem escuta uma cantiga de ninar, sem prestar atenção às palavras, mas desfrutando da melodia. Isabella coloca muito *chantilly* no café que me serve, me entrega um belo prato no qual há uma grande fatia de *pinza*, uma especialidade de Trieste trazida pelos convidados, um brioche que James Joyce adorava. No pequeno folheto que acompanha o bolo: *conservare nella sua confezione originale ad una temperatura non inferiore ai 15°C depois da consumarsi preferibilmente entro il* e nenhuma data é indicada. Me pergunto em que temperatura é preciso conservar o corpo de Sarah para que ele não apodreça.

Pergunto sobre Trieste, a cidade de Joyce da qual não conheço nada. Lisa é inesgotável, ela começa a falar muito rápido em uma mistura de italiano, inglês e francês, entendo que é a cidade onde seu avô cresceu, que ali ela passava todas as férias quando criança, que ela raramente volta lá, mas a cada vez é uma grande emoção. Com a morte do seu avô, ela herdou o apartamento onde ele morava, mas ela não tem tempo de cuidar, ele está caindo aos pedaços. Eles moram na Eslovênia agora, ela e o homem moreno de voz grave. Trieste era caminho para Milão, eles pararam lá uma noite, dormiram no apartamento do avô e, no dia seguinte, bem cedo, foram comprar uma *pinza* na padaria onde Joyce costumava comprar esse brioche.

Com seus sete séculos de história, o castelo dos Sforza constitui um testemunho extraordinário dos tempos gloriosos, mas também dos momentos dramáticos de Milão. Em nossos dias, é um dos monumentos mais significativos da cidade e da Lombardia, caro aos milaneses e conhecido por turistas do mundo inteiro: é não apenas um edifício grandioso, mas também um precioso baú de obras-primas autênticas e um local de estudo.

Isabella insiste em me levar para ver o castelo. No café onde sentamos por um breve instante, falamos de amor, dos sofrimentos que precisamos ter para saborear as alegrias. Ela não me faz perguntas quando começo a chorar em silêncio. Ela apenas diz, calmamente, com seu sotaque irresistível, devemos atravessar a noite e florescer de dia. E depois ela vai trabalhar, e me deixa lá, ao pé das pedras passadas.

Arrasto meus pés pelas pedrinhas que cercam o castelo. Entro, sem convicção, no museu, as bochechas manchadas de sal. Balbucio para perguntar o caminho. Procuro a sala pintada por Leonardo da Vinci. Na loja, compro um cartão-postal para enviar a Sarah, escrevo ali mesmo, em pé, perto das canecas e dos ímãs que reproduzem *A Última Ceia*. Em seguida tento voltar ao apartamento de Isabella. Me perco. É domingo, em Milão como em outros lugares. Está tudo fechado. Há glicínias por toda parte.

12

Quando volto ao apartamento, Lisa e o homem de voz grave estão fazendo as malas. Lisa me pergunta, em uma mistura de línguas, se quero visitar Trieste, se me interesso em passar uns dias no apartamento do seu avô. Caso sim, devo fazer minha mala também, pois o caminho é longo até a Eslovênia e eles pretendem chegar antes de anoitecer.

Abro minha mochila vermelha zip zip, enfio meu lenço e o suéter que eu tinha tirado, fecho, zip zip, corro para dar um beijo em Isabella e digo quase gritando a Lisa estou pronta, tudo certo, com uma voz estranhamente alegre. De repente, a verdadeira alegria se apodera de mim. Não penso mais em Sarah, não penso mais no seu corpo esquálido que abandonei ao fugir, não penso mais na minha criança, no pai da criança, nos meus pais, meus alunos, penso apenas nesse carro dentro do qual entrarei, esse carro desconhecido conduzido por desconhecidos que me levará a uma cidade desconhecida para mim. Me sinto leve, tenho vontade de rir. É como uma euforia, o fim de uma aventura, o momento bendito em que o mundo enfim para de girar.

13

Eu me lembro disso, da violência entre nós, dos olhos verdes e furiosos de Sarah, não, verdes não, seus olhos cor de absinto com pálpebras caídas, sua boca perversa, seus gestos de louca. Sei como é. Vou embora. Fujo. Já estou fugindo. Pego o metrô. E então, como sempre, a Gare Saint-Lazare, trens suburbanos, pouco importa quais, os primeiros que chegam. E, no espaço de um instante, tudo vai bem, sim, tudo vai bem. O barulho do trem é como uma trégua. Paro em qualquer lugar, uma cidade escolhida ao acaso e desço lentamente do trem. Lembro disso. É agosto, as garotas estão todas douradas em seus vestidos leves, os rapazes com suas bermudas cheiram a cabelo exposto ao sol por muito tempo. Não vou longe, nunca, me contento em parar no primeiro café que encontro. Café de la Gare, normalmente, o Café des Voyageurs às vezes. O nome importa pouco, sempre peço a mesma coisa: uma limonada. Sei como é isso, a água com gás que faz o nariz coçar, enquanto o sofrimento me queima por toda parte, o sabor do limão me transporta para a infância, ou em todo caso para algum lugar onde *tudo vai bem*. Espero ali, longamente, passando o dedo na superfície embaçada da garrafa até que a água escorra. Não penso em nada. Olho as pessoas passarem, tenho inveja da vida imersa na ignorância que elas parecem levar. Pobres tipos. Pobres imbecis. Vocês não sabem. O quanto a dor dura.

14

No carro, adormeço rápido, embalada pelas conversas de Lisa e de seu companheiro, em italiano e em esloveno. Eles levantam a voz o tempo inteiro, como se brigassem constantemente, mas chamando um ao outro de *amore*. Depois de muito tempo, fazemos uma parada na estrada. O homem moreno, que não fala uma palavra de francês, me oferece um café com uma ternura infinita nos olhos, quase uma piedade, como se soubesse o que fiz, como se tivesse entendido tudo. É um momento suspenso, não acontece nada, há apenas seus olhos castanhos que me fitam repentinamente, em meio à agitação do posto de gasolina, seus olhos castanhos que me fitam sem piscar, por um longo tempo. Ele acena com a cabeça me entregando um café. Me sinto desmascarada. Quando voltamos ao carro, ele entrega a direção a Lisa, e pede que eu passe para a frente, para perto dela. Ele se deita completamente no banco de trás, e eu fico bastante comovida de vê-lo assim, seu corpo grande e volumoso dormindo como o de uma criança sobre os bancos desconfortáveis. Assim que entramos de novo na estrada, ele começa a roncar.

Eu e Lisa conversamos em uma divertida mistura de línguas. Ela me conta sua história de amor com o urso esloveno, como eles se conheceram jovens, em um dia de neve, um pouco antes do Natal, na Eslovênia, onde ela ia visitar uma amiga. Ela me descreve a longa vida juntos, a vontade que eles têm de ter filho e depois os imprevistos que os impediram de ter, a existência feliz ainda assim, sobretudo depois que deixaram a cidade para morar em uma casinha de campo na Eslovênia.

Cochilo um pouco, impressionada com a beleza da luz do entardecer, a luz rasante sobre os vinhedos que assisto passar hipnoticamente. Quando margeamos Veneza, o rádio toca "Hit the Road Jack" e a voz de Lisa se junta à de Ray Charles para entoar o refrão, *hit the road, Jack, and don't you come back no more, no more, no more, no more.*

15

Chegamos a Trieste na hora do pôr do sol. No desvio da estrada, em uma curva, de repente, lá estava, entregue, como um presente, ali exposto há anos, resplandecente de dourado, ofuscante de beleza, o mar Adriático. Essa visão é como um soco no coração. Como é possível que a beleza perdure depois da catástrofe, depois do inominável? Que essas coisas sobrevivam em uma vida sem ela? O mar tão lindo, a quietude do vento suave que passa por nossos cabelos, as melodias no rádio, um carro nas estradas da Itália e esse pôr do sol de um vermelho que não existe. Esse sol impossível.

Lisa e o urso esloveno me conduzem pelas ruelas de Trieste. Lisa me avisa que o apartamento do seu avô está realmente em mau estado, que ela sente muito por não poder emprestá-lo em melhores condições, diz que espera que eu passe um tempo agradável ainda assim, que ela fica feliz em saber que alguém vai viver entre essas paredes por alguns dias. O apartamento fica no último andar de um prédio antigo. Ele está vazio há um bom tempo. Lisa abre a porta e um cheiro de coisa antiga me chega ao nariz. Ela confirma que nada foi mudado desde os anos 1950, mais ou menos, que ninguém nunca tocou em nada desde a morte do seu avô, que vivia com essa mesma decoração há anos. Ela me mostra onde posso encontrar lençóis limpos, me explica como abrir a porta que dá para a varanda, me passa seu número de telefone, me diz para eu não hesitar em ligar caso precise de alguma coisa, e depois eles me abraçam e seguem viagem, a Eslovênia ainda está longe.

Silêncio. Primeiro silêncio de verdade desde que saí correndo do apartamento de Lilas. Um branco. Estou em pé, no cômodo principal. Grogue. Silêncio. Silêncio. Silêncio. Ela está morta. Eu a matei. Sua doença a matou. Nosso amor a matou. Ela se suicidou. Tomou uma dose muito alta de remédios. Eu a matei porque não suportava vê-la sofrer. Eu a matei porque não era possível isso, seu corpo esquálido, maltratado, sua cabeça cerosa. Eu a matei porque ela me deixava louca. Eu a matei porque ela não queria mais me amar. Não sei mais. Um branco na minha mente. Não sei mais o que aconteceu. Tínhamos feito amor, o.k., certo. E depois. Será que ela está de fato morta, ao menos? Não sei mais. Esqueci tudo.

16

Fecho a porta à chave atrás deles. E de repente, é uma festa. Sou uma criança que os pais deixaram sozinha em casa pela primeira vez. Quase corro para escancarar a porta que dá para a varanda. Eu não tinha entendido, quando Lisa fez o tour do apartamento comigo, que tinha também uma grande varanda com uma grande mesa e uma vista da cidade e do mar de perder o fôlego. Nem acredito. Tenho vontade de dançar, de cantar, de gritar a plenos pulmões. Abro minha mochila vermelha, zip zip, tiro minhas coisas, freneticamente, e me acomodo. Minhas poucas roupas bem arrumadas nos cabides, meus produtos de beleza nas gavetas de um armário do banheiro. Tiro meu celular, que tinha desligado no momento em que fugi da casa de Sarah. Por um breve instante, tenho vontade de ligá-lo. De ver se ela me ligou, ou mesmo deixou uma mensagem. Penso que talvez ela se preocupe, que talvez sua voz esteja em minha caixa de mensagens, sua voz que amo tanto, sua voz que diria que ela se enganou, que ela me ama, que preciso voltar. E depois lembro que ela está morta. Enfio o telefone em um armário baixo da cozinha, no fundo de uma panela, junto com o carregador. Depois de pensar um pouco, guardo lá também meu passaporte. Coloco outra panela por cima e fecho o armário.

Desamasso minhas roupas com a palma da mão, passo um pouco de blush nas bochechas, um pouco de rímel. Levo comigo apenas minha carteira. Já estou excitada com minha liberdade súbita, mas ainda pretendo brindar comigo mesma para comemorar. No espelho do elevador, tão antigo quanto o apartamento em que estou, dou uma piscadela para o meu reflexo e sussurro para aquela que vejo no espelho, não estamos tão mal assim, hein, para uma assassina.

Uma vez do lado de fora, tenho vontade de dançar. Nem acredito que estou aqui, sozinha, nesta cidade da qual nunca tinha ouvido falar, no ar doce de uma noite de fim de abril. Desço alegre a rua terrivelmente inclinada. A noite cai em Trieste. Quando me deparo com o mar, ele brilha com as luzes alaranjadas dos barcos. Guardo para o dia seguinte a vontade de ir vê-lo de perto. Entro em um café com um jeito de chique, o Caffè San Marco, que é também uma livraria, para minha grande felicidade. Descubro que é possível comer lá até meia-noite. Perfeito, tudo está perfeito. Peço *gnocchi al ragù* e uma garrafa grande de água com gás. O prato que me trazem parece a coisa mais apetitosa do mundo. Devoro a comida rindo de contentamento. A garrafa de água é tão bonita que, descaradamente, enfio-a em minha bolsa decidida a transformá-la em um vaso para o apartamento. Quando volto, preparo um banho. É uma festa! Aqui, estou fora do alcance do mundo. Nada pode me acontecer. Com um sorriso enorme nos lábios, deito no sofá-cama que Lisa me mostrou. Eles deixam uma cama feita com seus lençóis no antigo quarto do avô, para quando fazem uma parada entre Milão e a Eslovênia, e ela prefere que eu não durma lá. Ela nem me mostrou esse quarto, e eu, obediente que sou, não quis abrir a porta. Mergulho imediatamente em um sono pesado.

17

O dia está apenas começando em Trieste quando abro os olhos. Corro até a varanda para ver se não foi um sonho, se esse lugar existe mesmo. Sim, a vista incrível continua lá, ainda mais bela à luz do alvorecer. Os telhados das casas se estendem a perder de vista e parecem mergulhar no mar que dança ao longe, azul, quase lilás. Na cozinha antiga, preparo um café da manhã com o que acho no armário, biscoitos de arroz, um pouco de geleia. Encontro uma garrafa de suco de toranja em um canto, verifico a data de validade, dou um gole enorme no gargalo, pés descalços no piso rachado, a acidez me queima a garganta, anestesia minha boca, me faz um bem enorme. Vasculho as gavetas até encontrar uma peneira minúscula para fazer chá. Me sinto um Robinson Crusoé neste apartamento, uma espécie de passageiro clandestino em um grande navio que seria este prédio, em um mar enorme que seria esta cidade. Continuo procurando, agora um papel, vasculho como um ladrão as gavetas de uma escrivaninha de madeira, encontro um bloco de folhas velhas. Vou até a minha mochila vermelha, zip zip, para pegar uma caneta. Saio de novo na varanda, pés descalços, diante dessa vista inverossímil. Gaivotas me fitam com um ar irônico, empoleiradas nas chaminés de tijolos ao meu redor. Sento à mesa na varanda, digo a mim mesma que preciso escrever, para parar de falar em minha cabeça, para tentar lembrar o que aconteceu naquela noite, em Lilas. Tínhamos feito amor, disso eu sei. Mas depois.

Reservo um tempo para fechar o sofá-cama, arrumar um pouco a sala, dou umas batidinhas em algumas almofadas e uma nuvem de poeira se levanta. Sem enrolação, me encarrego de uma grande faxina com os meios que tenho à disposição. Bato as almofadas na varanda, a poeira arde em meus olhos e me faz tossir terrivelmente, passo paninhos encharcados de água nas prateleiras. Na cozinha, faço o inventário dos utensílios, tiro das gavetas e dos armários os meus favoritos e os alinho escrupulosamente sobre a mesa de fórmica. Decido arbitrariamente que usarei apenas alguns deles. Uma bela chaleira de metal azul, uma cafeteira antiga, uma tábua de madeira minúscula, talheres que me lembram minha mãe, uma saladeira florida. Lavo e enxugo os utensílios separados, depois os guardo em um armário que, decreto, será meu armário.

Num impulso, entreabro a porta do quarto do avô de Lisa e fico paralisada. O quarto é enorme, comparado ao resto do apartamento, com um belo assoalho e uma janela deslumbrante, como nunca vi, uma janela imensa e redonda. Fico impressionada ao ver uma cama enorme forrada com *toile de Jouy* e armários que batem no teto, com portas revestidas do mesmo modo, exatamente com o mesmo tecido. A visão do todo é surpreendente, parece um casulo bege e rosa, meio kitsch, meio comovente. Só de imaginar um velho homem nessa decoração estilo Maria Antonieta fico desconsertada e um pouco perturbada. Fecho novamente a porta com delicadeza, como se não quisesse incomodar, e me distancio a pequenos passos.

No banheiro, tento me arrumar um pouco. Me arrependo de não ter trazido mais roupas, mais maquiagem, algumas bijuterias. Fico feliz de encontrar, na sala menor, um aparelho de som e alguns discos dispostos ao lado. Pego o primeiro que acho. Schubert. Meu coração enlouquece, penso em Sarah e, instantaneamente, minhas mãos ficam úmidas e meu estômago dá um nó, não sou capaz de soltar o disco quando meus olhos encontram as palavras *violino 1* e *violino 2*, minha pulsação acelera, guardo o disco, penso que não é possível, logo isso, justamente um disco de quarteto de cordas, tudo me dói. *A truta,* está escrito, e dou uma risada de alívio. Prometo a mim mesma que vou escutar o quinteto ao voltar do passeio. Cordas e piano, agora sim, nada a ver com Sarah.

18

Novamente, a alegria me invade quando saio do apartamento, tranco a porta do meu abrigo, meu esconderijo, e me enfio no elevador que range como um velhote. O dia será lindo, o céu está completamente limpo. Há um perfume suave no ar, um perfume que não reconheço. Desço a rua que leva ao centro, como na noite anterior, passo em frente ao Caffè San Marco sem parar por lá, embora as cadeiras de vime coloridas na parte externa atraiam minha atenção. Quero ver o mar, isso se tornou uma vontade incontrolável, quero saber se é um mar onde se pode entrar, se é um mar onde eu poderia me afogar, se por acaso me batesse a vontade.

Eu me lembro disso, das minhas andanças por Marselha quando ela disse eu não te amo mais, acabou, você entende, acabou, eu-não-te-amo-mais, distinguindo bem todas as sílabas, lembro de ter deitado no topo da Cité Radieuse para gritar minha dor, radiante uma ova, não há nada de radiante nisso, ter caminhado até a Malmousque em busca das nossas lembranças, ter ido comer um cuscuz no velho judeu que ainda me chama de minha filha, vamos coma minha filha, ele disse, me entregando o prato, mas eu não conseguia comer nada, coloquei uma nota de dez euros sobre a mesa e fui embora como uma ladra. Lembro disso, da estação de Marselha Saint-Charles, das palavras que já se debatiam em minha boca, de estar morrendo de vontade de lhe dizer, de lhe dizer com uma voz lenta e articulada, a voz que usamos para falar com os doentes, com aqueles que perderam a razão, enfim meu amor, a gente se ama, você sabe, não é, e me lembro dela me atropelando com suas palavras, suas palavras terríveis que eu não esperava, ela que murmurou, com sua voz de tristeza, eu queria te ligar sabe, mas não consegui, pois preciso te contar algo, estou doente, é grave, estou com câncer de mama. Lembro disso, do frio em meu corpo e da nuvem que se unia às nuvens, ao longe, muito além dos trilhos.

Não entendo nada desta cidade, caminho pelas ruas olhando arquiteturas que não se parecem, tudo é excêntrico e mesmo assim bem ordenado, é uma cidade que dá vertigens e que tenta nos enganar, tenho a impressão de estar na Alemanha, na França, mesmo na Suécia, às vezes na Itália. Nas bocas, é parecido, as línguas se sobrepõem, se misturam, não se sabe mais quem é quem.

Mesmo assim, em meio às fachadas de todas as cores, a alegria não me deixa. O sol ilumina tudo, penetra cada ruela, e o mar, o mar continua lá, no fim das ruas, na chegada de todos os caminhos, sentidos únicos que levam ao cheiro de iodo. Em uma loja um pouco kitsch, experimento vestidos, quase fico tentada a levar um verde, mas me dou conta de que ele me atrai por ser quase da cor dos olhos de Sarah, coloco-o de volta no cabideiro com desgosto e fujo da loja, *arrivederci*, pronto. Em frente a uma igreja, ouço por longos minutos um rapaz muito bonito tocando valsas vienenses no violino, acho que ela não iria gostar disso, provavelmente diria que ele toca mal, que está realmente massacrando a música, sei que se ela estivesse aqui me irritaria, estragando meu prazer assim, respondo em minha cabeça, crio todos os diálogos e desenvolvo toda a discussão, mas não tem muita graça. É uma droga, na vida sem você não há réplicas. Que ideia essa que você teve de me deixar te assassinar.

No Caffè Specchi, peço um *latte*, acho que eu deveria ao menos me presentear com um par de óculos de sol, pago e saio para uma longa caminhada à beira-mar. Em um supermercado, compro um pacote de 250 gramas de *taralli* ao azeite e uma garrafa d'água *frizzante*, pois começa a esquentar muito. Devoro todos os biscoitinhos de aperitivo, indo cada vez mais longe.

Tudo se mistura. As arquiteturas, as ruas, os prédios, as línguas, os rostos. Não sei mais por que estou aqui, por que estou andando à beira-mar nesta cidade que não conheço. A alegria me escapa assim como me chegou, de repente, bruscamente, sem fazer alarde. Por todo lugar, leio nos cafés *bar aperto*, na minha cabeça pronuncio apenas *aperto* e soa como aperto, aperto, aperto. Vagueio sem rumo. Falo com Sarah como se ela estivesse ao meu lado. Ao fim de uma rua, há belos cartazes vermelhos e brancos que me fazem continuar um pouco, apesar do meu cansaço súbito, dos meus pés exaustos. Me aproximo calmamente, a passos lentos e incertos. Vem, vamos ver o que está escrito lá, nos cartazes. Hein, meu amor. Vamos, continue. Está escrito *vota Trieste, territorio libero di Trieste,* acho que deve ser algo relativo às eleições, me tranquilizo ao perceber que meu cérebro ainda funciona um pouco, apesar da nuvem sombria que recai sobre minha cabeça.

19

Para além dos cartazes, há uma rua meio inclinada que segue na direção de um prédio que parece abandonado. Está tão quente agora. Tomei toda a minha garrafa de água com gás. Caminho sem rumo desde que saí do apartamento. Ao chegar perto das construções, percebo que é um estaleiro desativado. Não há ninguém, mas é como se os lugares tivessem sido deixados precipitadamente, como uma cidade fantasma. Parte dos edifícios desmoronou, as vigas estão destroçadas. Resta apenas uma pequena casa azul, que devia ser uma casa de repouso para os trabalhadores, e um ou dois galpões de metal que mal conseguem se manter em pé. O lugar está tomado por mato, por uma vegetação maluca que cresce por todos os lugares possíveis. Urtigas pinicam meus tornozelos, me tirando um pouco da letargia. Percebo que estou falando sozinha, em voz alta, como se ela estivesse comigo. Preciso voltar à razão, lembrar o que aconteceu naquela noite, em seu apartamento em Lilas, lembrar do seu corpo de morte, do porquê de ela estar morta. Preciso me concentrar, lembrar por que estou aqui, em Trieste, na Itália. É importante.

Em meio aos galpões, há um banco azul pálido, um banco construído com tábuas de má qualidade e depois pintado apressadamente, é de se notar. Me pergunto quem fez isso, quem se deu ao trabalho, aqui, neste antigo estaleiro, de fabricar um banquinho azul pálido. Um trabalhador, durante seu horário de almoço, para poder aproveitar um pouco do sol, tomar um café com seus colegas e não precisar sentar no chão sobre o cascalho, para se esticar, talvez, no tempo de uma minúscula sesta. O lugar está deserto. Não há uma brisa, um pingo de sombra. Desmorono sobre o banquinho azul pálido. Tudo dói, o corpo inteiro. Minha mente divaga. Daqui dá para ver um pouco do mar, mas, sobretudo, dá para escutá-lo cantar, calmo, tranquilizante, longínquo. É bom imaginá-lo tão perto, saber que ele está lá. Fecho os olhos.

Viro meu rosto em direção à luz. Fora, estou fora. Um cheiro de fumaça paira no ar. Estar aqui é como voltar à infância. O sol branco do mês de abril, à beira do mar Adriático, lembra o sol branco dos meses de abril de quando eu tinha cinco anos. As garagens simples, fabricadas com um pouco de madeira e muita telha de metal, a parede de tijolos, ao fundo, e depois o jardim compartilhado ao pé da casa azul, é como se eu já tivesse vindo aqui, como se já conhecesse tudo isso de cor. O verde pálido das persianas em ruínas de um antigo abrigo, esse cheiro de fumaça que me sobe à cabeça, o canto dos pássaros. É primavera, é primavera, uma primavera de deixar qualquer um melancólico. Não sei mais por que vim aqui, nesta Itália perdida no mapa. Paris-Trieste, para esquecê-la, Sarah? Para ir a algum lugar aonde ela nunca foi, um lugar cujo nome ela nunca pronunciou? Um território virgem dela, de nós. E eis que me deparo com minha infância. Em Trieste, há um tempo redescoberto.

Lembro disso, do carro jogado a toda velocidade no Boulevard Périphérique, dos ziguezagues para escaparmos dos outros carros. Nos sinais vermelhos, nos olhamos nos olhos, não sabemos fazer diferente. O domingo em Versalhes, as duas caminhando pelos jardins reais, vendo os botões vermelhos florescerem sobre as árvores bem podadas. As tardes passadas na casa dela, ali, em Lilas, bebendo chá, café, depois mais chá, escutando músicas que a fazem cantar. A liberdade da quarta-feira, sem a criança. Nosso divertimento; *é ótimo, afinal*. É ótimo vírgula afinal. Os beijos, às vezes, às vezes não. Uma noite, ela tenta por longos minutos lembrar o nome do procedimento matemático que acabou de utilizar. Não se recorda mais, ela tenta, bate com os dedos na mesa, levanta de um salto e vai buscar na internet, logo volta. E, encostada na beirada da porta, ela diz, ah sim, é isso, lembrei, são os produtos notáveis.

20

Pare de rir, por favor. Pare de rir na minha cabeça, pare de rir perto de mim. Me deixe, é o que você quer. Eu te matei porque te amava, porque não aguentava mais te ver sofrendo, não aguentava mais ver seu corpo, seu corpo glorioso, seu corpo de rainha, seu corpo tão amado e desejado sendo consumido pela doença. Eu disse tudo isso, naquela noite. Logo antes. Você sabe, você lembra? Tínhamos feito amor, lembro disso. Sei como é. Meus dedos lá longe em você, lá longe em você que mal conseguia se mexer. Minha boca em seus lábios secos. Meus beijos em suas pálpebras roxas. Minha ideia de fazer você gozar uma última vez. A essa altura, eu já tinha tomado minha decisão. Queria que você gozasse e que você dormisse, ali, exatamente ali, em sua casa em Lilas. Que você não acordasse nunca.

Lembro disso, sei como é. Os beijos na Rue Gracieuse, em um canto de rua, nossos primeiros beijos. Ela diz parece que nossa relação é ilegítima. As mãos frias, as suas, as minhas, os narizes vermelhos, o seu, o meu. É o primeiro inverno, o inverno da confissão como um presente. Os pacotinhos de lenços comprados no dia anterior, Rue Monge. Digo parecemos um velho casal, fazendo compras juntas. Os beijos na Rue Gracieuse são beijos de adeus, viu, isso mesmo, porque não dá para continuar, não é possível, tenho um companheiro, uma criança, uma vida certinha. E depois, algumas horas mais tarde, não, não concordo. E pouco importa se a vida é bizarra, pouco importa se não sabemos mais muito bem onde estamos, margem direita margem esquerda, pouco importa se atravessamos o Sena como quem atravessa um canal qualquer, pouco importa se tanto ela como eu somos às vezes mal-humoradas, frequentemente melancólicas. Mas há as mensagens que dizem se nos virmos esta noite é proibido ser chata, os gostos e as aversões em comum, a *galette des rois* trazida para comemorar nada, a euforia que se apossa de nós durante um de nossos primeiros almoços, eles colocaram alguma coisa no vinho ou o quê, e depois, imediatamente, não, não é isso, é apenas que estamos bem juntas. O inverno que passa sem ruídos, enquanto assistimos à neve cair. Eu me pergunto se ela notou a que ponto estou diferente desde a confissão com cheiro de fósforo dada como um presente, se ela me conhece o suficiente para isso. Provavelmente não. Mas sou eu quem a ajuda a escolher seus óculos em todas as lojas do bairro, é ela quem me manda sugestões de músicas a serem ouvidas de acordo com meu humor. A senha do seu prédio, o nome do seu perfume, o chá novo que eu não conhecia, as livrarias em que entramos, os cafés dos quais saímos e sua mão que bagunça meu cabelo.

Encontrei o caminho que leva à rua do apartamento situado na parte alta da cidade. Caminhei longamente, sem pressa, olhando bem cada cruzamento para não esquecer o caminho do estaleiro desativado, desse banquinho azul pálido que me deu alguns momentos de paz. Antes de subir, paro um pouco no supermercado para fazer umas compras, levar algumas comidas. Em cada produto vem escrito a marca do supermercado, *Spar*. Não sei o que comprar, não tenho vontade de nada e, no entanto, começo a sentir muita fome. Acabo pegando uma cestinha que vou enchendo mecanicamente. *Spar, Spar, Spar*. Leio, parta, parta, parta, por todo lugar, absolutamente todo lugar. Meu coração bate forte demais em meu peito, ressoa em minhas têmporas. Meu corpo inteiro treme, entro em pânico. Na seção de iogurtes, me desfaço em lágrimas. São muitas opções. Vejo, como se fosse ontem, Sarah, no restaurante coreano, me dizendo que não sabia escolher, que é um problema na vida. Que ela quer tudo e seu contrário. Não sei o que comprar, leio parta, parta, parta, em todo lugar, absolutamente todo lugar. Pego dois potinhos de iogurte de mirtilo, meu preferido, e *gnocchi* de espinafre, que também é meu preferido. Só compro coisas que adoro, penso naqueles prisioneiros, lá nas Américas, que têm direito a comer sua comida preferida antes de serem executados. Últimos dias de uma condenada.

Respiro fundo voltando do *Spar* com minhas sacolas de compras, tento engolir as lágrimas e abafar o pânico que senti no supermercado. Preciso me concentrar, preciso seguir. A vida sem ela continua sendo a vida. Ainda há o banquinho azul pálido, o cheiro do mar. Ali, apesar de tudo, a criança me espera. Mas amar é trair. Amar é trair, e não posso fazer isso. Sou de uma lealdade inabalável. Não sei como trair você, meu amor. Eu não poderia amar de novo, sabe? Queria me recordar para sempre desse segundo imediatamente antes de eu saber que você existe. Queria me recordar para sempre desses momentos imediatamente antes de eu compreender que você existe, e que isso nos aconteceria. Sou uma viúva. Sem você.

21

O Caffè Erica é bem pequeno, no número 19 da rua que dá no apartamento elevado. Ao passar com minhas sacolas de compras, leio que o *Spritz* está por 2,50 euros. Paro, pensando que um pouco de álcool me fará bem, depois de todas essas emoções. Peço uma bebida que o dono do café, um homem já de certa idade que fala algumas palavras em francês, me serve junto com azeitonas. Ele senta à minha frente em uma cadeira já muitas vezes remendada. Não há ninguém no Caffè Erica. Mal se pode ficar em pé dentro dele, de tão pequeno que é. Há o balcão do dono e uma porta minúscula que leva a banheiros igualmente minúsculos. Três mesas no terraço. Ele me pergunta se estou sofrendo de amor, à queima-roupa, de imediato, você está sofrendo de amor, penso comigo mesma que deve estar explícito em meu rosto, em meus olhos, até em meu jeito de andar, de me movimentar, cada gesto meu sendo retardado por esse melaço dentro do qual me locomovo, a geleia grudenta dessa realidade que não para de me saltar aos olhos, a realidade sem ela, a verdade de uma vida que será preciso passar sem ela.

Um *Spritz*, dois, três, quatro. Já perdi a conta. Minha cabeça está meio zonza, o velho dono do café me faz rir com seu francês pouco desenvolvido, ninguém veio sentar no terraço do seu café, me pergunto se toda noite é assim ou se é minha tristeza que espanta as pessoas. Ou pode ser que seja você, minha querida, sentada aqui com sua cabeça cerosa, é que isso dá medo, uma mulher tão bonita, com olhos tão bonitos, tão verdes, não, verdes não, olhos bonitos de pálpebras caídas e a cabeça careca, raspada no zero. Vamos, levante, vamos voltar.

 Caminho ao cair da noite, meus passos sobre as sombras que se esticam na calçada. Me pergunto como serão, daqui a dez anos, as noites de inverno. Imagino uma casa de subúrbio, nem feia nem bonita, cercada por casas nem feias nem bonitas. A garoa forma círculos alaranjados nas luzes dos postes, o asfalto das ruas lembra um longo dorso de peixe, os escassos transeuntes seguem apressados e falam rápido ao telefone, soltando fumaça pela boca. Na cozinha, os vidros embaçados, a rádio France Inter a pleno vapor, um jantar que preparo para os adolescentes, minha filha que está enorme e bate as portas pedindo para fazer menos barulho, obrigada, ela tem deveres a fazer. No *ricecooker* comprado a vinte euros em Belleville, os grãos de arroz caramelizam. Arroz barato com molho de soja barato em seus pratos, que eles levam mil anos para acabar, o que me irrita, digo a eles, ô, isso me irrita, acelerem um pouco, e logo em seguida me arrependo. Tangerinas de sobremesa, os dentes as mãos, 20h30, avisa a France Inter, apressamos o passo, beijos e uma autorização de cinco minutos para leitura. Bato na porta da minha filha crescida, que ouve uma música horrorosa, ela suspira, não insisto. Na cozinha entulhada, lavo mecanicamente a louça escutando o combo de desgraças do mundo na rádio. Penso no ano em que Sarah morreu, faz uma eternidade, faz quinze anos. Ninguém lembra mais daquele ano. A euforia do nosso amor não é mais palpável. Não consigo mais tocar naquela vida. Não sei mais como acariciá-la com as pontas dos dedos, não sei mais invocar as recordações antigas da mulher jovem que fui. Enquanto esquento a água do chá, me pergunto vagamente por que eu não soube matá-la, ou, sobretudo, por que ela deixou de me amar.

22

Porque sim, foi você quem parou de me amar. Você me deu a confissão como um presente. E aí depois, o que acontece depois? Depois ficou muito difícil, as tempestades, as revoltas, os desesperos. Mesmo assim nós nos amávamos, e eu me lembro disso. Sei como é. Nessa casa grande distante de tudo, o tempo quase para. Na cama com lençóis ásperos, vejo a poeira que brilha em um raio de luz e a escuto falar com o gato, lavar a louça, preparar um café. As manhãs se estendem enquanto trabalhamos, ela com seu violino na sala grande e iluminada, eu com meus pequenos poemas em prosa, no ateliê da minha amiga, povoado por pincéis, cores opacas e delicados croquis de pássaros. Há uma emoção que não sai de mim nesses dias em que passamos nos conhecendo, esses dias em que deixamos nossas divergências nossas convergências nossas discussões nossos medos nossos desejos nossas diferenças nossos humores coabitarem e invadirem todo o espaço. Há uma emoção que não me deixa quando vejo o choque entre seu concerto e minhas músicas, suas sementes de melancia e minhas sementes de melão, sua pele dourada e meu rosto pálido. É tão bom, passar horas trabalhando cada uma em um andar da casa, sabendo que logo mais nos reencontraremos na curva de uma escada, que nossos lábios se encontrarão na soleira da porta, que em breve estaremos de novo ela e eu em um mesmo quarto. É tão bom, discutir por horas sabendo que a qualquer momento chegaremos em um acordo. É como um filme que não existe, mas que eu teria adorado ver no cinema. Queria reter na memória esses dias roubados do verão e esses momentos preciosos que os preenchem: o passeio de carro, janelas abertas e cabelo ao vento, para comprarmos vinhos em uma vinícola, os jantares no jardim em torno da pequena mesa verde-água, seu cigarro da noite que me deixa nervosa, mas que acendo de novo para ela quando ele se apaga, as gargalhadas na cozinha, os segredos compartilhados, as infâncias narradas e o olhar do açougueiro em que vamos para comprar três coisas e que nos acha fofinhas, ah sim, tá na cara. É uma loucura vê-la tocar, sentada no degrau da grande escada, seus olhos nos meus, as sonatas de Bach que sei de cor, pois escutei milhões de vezes o disco que, ainda criança, ganhei em um aniversário. E tem essa coisa incrível de ela dominar uma língua estrangeira que eu não domino, essa coisa incrível que é vê-la lendo algo que mal sei decifrar, falando uma língua que só consigo balbuciar, escutando enquanto eu só sei ouvir. Ela me vê avançar, com seus olhos verdes de pálpebras caídas, os braços abertos, por essa corda esticada que me leva até ela. E é com uma ternura infinita que ela me deixa dizer o que sinto, falar sobre o que não conheço bem, com minhas palavras atrapalhadas e às vezes incorretas. É verão, e, lembro disso, eu embarco na música protegida por sua *humanidade*. É minha educação sentimental, e educação sentimental quer dizer de onde você veio, quem é você. Oh, oh, vertigens de amor.

Trieste é uma cidade da Itália localizada na base dos Alpes Dináricos, sobre o mar Adriático, muito próxima da fronteira ítalo-eslovena. O passado complexo de Trieste, que durante anos, antes de sua fusão à Itália, foi o principal ponto de escoamento mediterrâneo do Sacro Império Romano-Germânico e, em seguida, do Império Austro-Húngaro, bem como sua posição no cruzamento das influências latina, germânica e eslava, forjaram na cidade uma cultura e tradições muito particulares. A população municipal é de 205.535 habitantes. O código postal é 341000. Os habitantes são chamados de triestinos. O apartamento no alto da cidade fica na Via del Monte.

23

Outro despertar no apartamento no alto da cidade, em um sofá-cama que faz minhas costas doerem. Outro despertar escutando *A truta* no volume máximo. Mais um despertar contemplando Trieste da varanda invadida por gaivotas sarcásticas que não estão nem aí para minha dor, com seus risos de uma maldade sem igual. Outro despertar pensando que Sarah está aqui, no apartamento, pensando que estamos passando as férias juntas, falando com ela na minha cabeça e depois em voz alta. Outro despertar me empanturrando de suco de toranja, para me encher de acidez, para que eu me corroa desde o interior, para colocar um fim em tudo isso, principalmente nesta dúvida lancinante, o que aconteceu, naquela noite em Lilas, o que aconteceu. Outro despertar e mais um e mais outro. Os dias passam.

Todos os dias é a mesma rotina. Da varanda, dou uma olhada na cidade que se projeta para o mar, engulo qualquer coisa correndo na rua do apartamento, preenchida pela alegria, depois pego o caminho do estaleiro. Queria visitar outro lugar, há tanto para se ver em Trieste. Mas meus passos me conduzem inexoravelmente pelo mesmo caminho. Faço isso há alguns dias, o mesmo trajeto, a mesma espera, ali, em meio à vegetação maluca e amarelada, sentada no banquinho azul. Faço isso há uma semana, talvez, não sei, não sei mais. Não tenho calendário, não tenho relógio. Sou uma passageira clandestina. Quando estou cansada de esperar, pego o caminho de retorno, a passos lentos e seguros, subo novamente a colina da cidade, vou ao Caffè Erica beber *Spritz*, muitos *Spritz*, depois passo no *Spar* antes que feche e sempre compro um pacote de *gnocchi* de espinafre e iogurtes de mirtilo, que como na varanda olhando a noite tomar a cidade, tomar o mar.

Outro despertar e lá fora uma tempestade, um vento louco apesar do sol inesperado, inesquecível, que se reflete em um espelho e vem me tocar nos olhos. Um sol impossível. Acho que nunca escutei um vento assim. Daqui do apartamento no alto da cidade, ele provoca um efeito curioso. Tudo treme, as paredes, as janelas, a porta que dá para a varanda. E tem um barulho, um barulho prolongado, um uivo, como uma besta errante, não, um rebanho inteiro de bestas errantes. Acho que estou me perdendo um pouco nos meus pensamentos. Chego a imaginar que é o espírito de Sarah que sopra assim, Sarah que vem se vingar, Sarah que vem me pedir perdão, Sarah que vem dizer que ainda me ama.

Passo horas sentada no banquinho azul pálido. A cada dia, trago comigo um cartão postal comprado no caminho em que escrevo sob o sol branco de abril. Ou de maio, não sei mais em que dia estamos, para dizer a verdade. Escrevo para ela, Sarah. Endereço: Rue de la Liberté, em Lilas, ali, tão longe daqui. Eu não os posto. Eu os guardo, presos em meu sutiã. Eles sustentam meu coração, que se desfaz. À noite, coloco o montinho de cartões sobre a mesa de cabeceira ao lado do sofá-cama. Eles velam por mim. Todos esses cartões postais endereçados a você, meu amor. Todos esses cartões postais em que escrevo todos os dias as mesmas palavras, no fim das contas. Se cuida. Fica boa logo.

Às vezes, o itinerário do meu dia muda um pouco. Vou experimentar algumas roupas nas lojas, circulo por livrarias onde não compreendo nenhum título de nenhum livro. Lembro vagamente da minha vida de antes, minha vida parisiense, com minha filha pequena, meus pais, meus amigos, meu trabalho de professora. Às vezes choro como uma criança, tomada por soluços, sobre o sofá-cama que fecho religiosamente a cada manhã, como se eu fosse sair de Trieste, voltar à França, a Paris, à minha casa, a casa. Mas Lisa me disse que eles praticamente nunca vinham, sei que ela não voltará aqui por um bom tempo. Ela me disse para colocar a chave na caixinha de correspondências quando eu for embora. Eu disse que passaria alguns dias aqui antes de voltar a Milão. Às vezes digo a mim mesma que vou colocar minhas coisas na minha mochila vermelha, zip zip, vou voltar à estação para comprar uma passagem de trem para Milão, vou subir no trem e, de Milão, pegarei um voo barato para Paris, pegarei um RER no aeroporto e irei buscar minha filha na escola. Mas está além das minhas forças. Minhas forças apenas me permitem viver os mesmos dias, sempre parecidos, o suco de toranja destruindo meu estômago, me deixando embriagada de acidez, os insultos às gaivotas malvadas, o trajeto com o fantasma de Sarah ao meu lado até o banco azul pálido do estaleiro, o piquenique em meio aos galpões comendo biscoitinhos salgados demais, o trajeto de volta, o álcool barato no velho italiano do Caffè

Erica, o *gnocchi* de espinafre e um iogurte de mirtilo quando tenho forças para preparar um jantar. E as noites assustadoras, aterrorizantes, com o uivo que não para, que grita por todas as frestas, o sopro louco do vento que parece querer se introduzir em mim, no mais profundo de mim, um vento glacial com um hálito macabro que se obstina em bater nas janelas, em penetrar minhas unhas sujas, minha pele.

24

Eu me dou conta de que estou perdendo a memória, não sei mais que dia é, não sei mais o que se passou naquela noite. Recito para mim mesma cantigas de quando eu era criança, para exercitar minha memória. Recito como se rezasse um terço os nomes dos membros da minha família. Canto velhas canções francesas da seleção que guardei na memória.

Sobre antigas cordas do estaleiro, brinco de equilibrista. Um dia, me estatelo no chão, meu braço bate em um monte de ferragens velhas e um estilhaço corta profundamente a minha pele. A visão do sangue que coagula e depois escorre pelo braço me lembra instantaneamente minha filha, em quem já não penso há alguns dias. Lembro disso, do sangue na boca da minha filha. O sangue em seu queixo, o sangue na ponta de seus dedos, o sangue em seus minúsculos dentes brancos. O sangue *potodocanto potodocanto*, ela diz. E enquanto corro sob a neve com ela em meus ombros, rápido, rápido, rápido, enquanto penso em não escorregar na calçada, em chegar o mais rápido possível ao pediatra que certamente nos atenderá de imediato, tenho pensamentos que vagueiam. Este século já tinha dez anos quando ela nasceu, e eu, vinte e dois anos. A cor e o cheiro do seu sangue sempre serão para mim o trajeto que leva diretamente ao seu corpo minúsculo, saído das minhas entranhas, ao cheiro de húmus do seu crânio do qual não me lembro, mas nunca esquecerei, à matéria orgânica saída da matéria orgânica. Eu, matéria orgânica. Sentada em meus ombros, ela escorre sangue e algumas gotas caem em meu rosto entre dois flocos de neve, dá branco branco vermelho branco. A noite chega assim, minhas mãos geladas não largam suas panturrilhas, acelero ainda mais o passo, eu a escuto rir e rio também, aliviada. Quantos dias se passaram aqui sem que eu escute uma risada?

25

Uma manhã, logo que acordo corro para o armário da cozinha onde lembro de ter enfiado meu celular. Tenho que acabar com essa dúvida de todo jeito, saber se ela ainda está viva ou não. Preciso saber se posso voltar para casa, se posso voltar a ter uma vida normal. Se o pesadelo pode terminar, pausa, vamos, acabou. Abro o armário, tiro as panelas, desenterro meu celular, penso comigo mesma que eu precisaria carregá-lo, digitar a senha. Por um instante imagino esse momento, todas as mensagens de preocupação que farão o objeto vibrar, enlouquecido de tanto tocar. Imagino a voz dos meus pais na caixa de mensagens, a voz do pai da minha filha, do meu antigo companheiro, talvez a voz de Sarah, ou das pessoas que encontraram o corpo de Sarah e renuncio à missão. Guardo de novo o objeto em uma das duas panelas, coloco a outra em cima e, depois, mudo de ideia, tiro novamente as duas panelas, pego o telefone, o carregador também, corro para a varanda, não olho sequer uma vez as gaivotas do mal, jogo meu telefone ao mar, num gesto vivo, lanço o mais longe que posso, eu o vejo rodopiar no ar por um instante e depois se espatifar em um telhado cor de tijolo da cidade, ali, logo abaixo, entre mim e o mar.

De repente, é urgente, preciso entrar no mar. Não sei quanto tempo passou desde que cheguei aqui, não sei quantas vezes fiz este mesmo trajeto, do apartamento no alto da cidade ao estaleiro, não sei quantas tardes passei lá, sentada ao sol sobre o banquinho azul pálido no qual recito para mim mesma cantigas da minha infância, mas nem uma única vez tive vontade de chegar perto do mar cuja presença violeta, no entanto, me tranquiliza desde o início da minha vida em Trieste. É porque sei que ele existe e que é vivo, ele, ao menos, é vivo, que consigo dormir todas as noites. É porque sei que ele estará lá quando eu abrir a grande janela da varanda que consigo levantar da cama a cada manhã. É porque sei que ele estará para sempre, para sempre lá, pouco importa o que aconteça, pouco importa o que sobrevenha, que consigo me manter viva. Nesta tarde, a obsessão cresce, penso no mar a tarde inteira. Estou agitada, em meu banquinho azul pálido, imagino como vai ser tudo isso, o cheiro do mar, entrar no mar. Eu me pergunto se poderia nunca mais sair de lá.

À noite, quase muito tarde, atravesso a cidade, pés descalços, escutando o burburinho de conversas nas janelas. Coloco minha toalha sobre as pedras. Inspiro o cheiro de areia molhada, levemente salgada, do Adriático. Olho o movimento suave dos pássaros. O mar está rosa como o céu. Não se sabe muito bem quem reflete quem nessa história. Entro na água, caminhando, calmamente. A água bate na minha cintura quando sou tomada pelo cheiro de maresia e não consigo mais resistir: mergulho a cabeça na água e nado por um longo tempo, sem tomar fôlego, me deixando levar. Quando tiro a cabeça da água, muitos metros depois, estou no meio do rosa. Pequenos círculos concêntricos se formam ao meu redor e se distanciam sem agitação. O mar está ao mesmo tempo calmo e acalentado pelas ondas, o mar é rosa como uma douradura, é doce como um sussurro, o mar é como a pele do leite na panela que transborda. 20h47, Sarah está morta e eu estou nua na água rosa. 20h47, o mar é como a pele do ventre de uma mulher que teve muitos filhos.

Lembro disso, sei como é. Sua voz no telefone, quando ela anuncia que está feito, ela não tem mais cabelo, nada de nada. Ela quase ri, está com uma voz animada, a voz bonita dos dias bons, a voz do amor, mas ela se obstina em dizer que não me ama mais. Ela me conta sobre os primeiros tratamentos, que tiveram os efeitos que todo mundo conhece, os efeitos mencionados pelos médicos, ela descreve os cabelos que encontrava espalhados no travesseiro, de manhã, e depois os cabelos que caíam em tufos inteiros, os cabelos que ficavam aos punhados em sua mão quando ela tentava fazer um coque antes de subir no palco. Do outro lado da linha, não digo nada, e ela nem liga, continua falando, não se incomoda com meu silêncio, ela me conta sobre a escolha de sua peruca e, depois, me descreve essa cena insustentável. Lembro disso, do meu horror, das minhas náuseas, da minha mão apertada no telefone, tensa, morbidamente tensa, minha boca seca demais para conseguir falar enquanto minha vontade era de lhe pedir para parar, de dizer que tudo isso me tortura, que ela não tem o direito de me manter afastada nem de me dizer que não me ama mais e, ao mesmo tempo, me contar isso, essa cena assustadora, tenho vontade de gritar que ela é uma bruxa, que ela é cruel, que ela tem que me deixar em paz agora, que não quero saber de mais nada. Mas sua voz continua, imperturbável, ela ri, diz ah foi divertido, sabe, foi divertido terem filmado tudo, vou mandar o vídeo se você quiser, e, na minha cabeça, eu dizia não, não, não, não quero, cale a boca, meu amor, eu imploro, cale a boca, me deixe tranquila, por favor. Eu lembro como é, meu coração que bate lentamente quando ela me conta que fez isso com seus três colegas do quarteto, que eles a colocaram sentada em uma cadeira e ela fechou os olhos, que eles começaram com as tesouras, os três pares de tesouras que estavam em suas mãos, as mãos que abandonaram os instrumentos musicais, as mãos tão hábeis que se tornaram inábeis, três pares de tesouras que atacaram seu cabelo, que o cortaram aleatoriamente, e eles riam, achavam engraçado isso, fazer de qualquer jeito, cortar apenas de um lado para começar, como uma berlinense moderna, e depois atrás e na frente não, cortar com gosto, e eles tiravam foto a cada etapa, e depois passaram a máquina de raspar, e eles rasparam, e riam, e filmavam a cena e, no vídeo, dá para escutá-los rindo, ela fecha os olhos e os três giram em torno dela, interpretando sabe-se lá que peça macabra, com suas mãos inábeis, seus risos de manitus loucos, e o ronco da máquina de raspar no crânio tão logo careca de Sarah. Eu me lembro disso, do seu rosto no fim do vídeo que recebi por mensagem, como ela prometera, e que não pude deixar de ver, lembro disso, do seu rosto, ao que me parece, já um pouco amarelado, seus olhos que fitam a câmera, seus olhos de pálpebras caídas, o riso em sua boca, esse riso que não entendo, que deixa meu corpo todo em choque, que preferiria nunca ter visto e nunca ter escutado, esse riso que me destrói.

Quando acordo, tudo dói. A cada dia fico um pouco mais dolorida. Meu corpo pesa com a falta do seu corpo, das nossas peles misturadas, dos nossos dedos no mais profundo uma da outra, das nossas mãos pequenas entrelaçadas. E esse cansaço que não me deixa desde que ela morreu. Quer dizer, desde que parti. Não há mais sonos tranquilos. O cansaço do meu corpo e, ao mesmo tempo, a valentia extrema do meu corpo, descoberta ao acaso, capaz de andar por horas todos os dias, de sobreviver sem comer quase nada, sem beber nada. Se eu voltar, se eu conseguir voltar, não poderei nunca esquecer essa infância redescoberta aqui, em Trieste. Esse pequeno jardim compartilhado com árvores verde-claras que servem de poleiro a tantos passarinhos cantores. A casa do canto da rua, ao lado dos cartazes eleitorais, a casa do canto com uma face cor de ferrugem e a outra de um bege desgastado. Telhados de zinco por toda parte, estacas de madeira delimitando o jardim. O cascalho e pétalas de flor esmagadas sobre as pedras. Volto no tempo. É como se eu tivesse cinco anos de novo, como se eu pudesse sentir o amor dos meus pais. Há aqui, neste lugarejo qualquer perdido do outro lado do mundo, o sabor das primaveras da minha infância. A doçura eterna do chá tomado no jardim sobre os velhos móveis de alumínio, uma mesa redonda e quatro cadeiras próximas aos três degraus vermelho-tijolo que levam ao jardim, à videira maluca que dá uvas ácidas. E os almoços festivos, nesse pequeno jardim da bacia parisiense, esses almoços festivos que só agora percebo que eram festivos, os morangos de sobremesa, provavelmente servidos na saladeira que parecia de cristal bem trabalhado, cristal rosa bem trabalhado, os morangos de sobremesa, provavelmente servidos com menta ou flor de laranjeira, e o sucó que escorre um pouco pelos pratos brancos dispostos sobre a toalha branca. Eu me pergunto o que significava ser convidado para o almoço de domingo na casa dos meus pais, para aqueles que eram convidados. Me pergunto o que significaram, para meus pais, aqueles anos, será que eles foram *os mais bonitos*? Caminho pelas ruas de Trieste, sempre as mesmas, como se só houvesse um itinerário possível nesta cidade, penso apenas na saladeira que parecia ser de cristal rosa, a saladeira em que minha mãe fazia suas saladas de morangos nos dias de festa quando era primavera.

Por que aqui, o tempo reencontrado? Será que foi isso que vim buscar? Foi completamente irracional, partir, deixar a criança e meu trabalho, comprar uma passagem de avião num rompante e entrar num carro para vir a esta cidade que não evoca nada a ninguém. E se foi por isso? E se foi por isso que vim me perder aqui, pelo fato de este lugar não evocar nada à ninguém? Faço minha esta cidade, faço meu este pedaço de terra, faço minha esta vida. Sem você ainda sou eu, sem você ainda é primavera, sem você ainda é a vida que pulsa como sangue em uma artéria comprimida. Eu realmente fiz isso, fui embora para ficar sentada por horas em um banquinho azul pálido? Vou encontrar uma palavra para descrever a cor deste banco, eu preciso absolutamente encontrar uma palavra para descrever a cor deste banco. Ele não é azul, não exatamente. É como seus olhos, sabe, meu amor, seus olhos de pálpebras caídas, eles não são verdes. Ou então são de um verde impossível. O banquinho azul pálido. Vou ficar em Trieste e passar a vida inteira escrevendo sentada neste banco, a vida inteira escrevendo coisas sobre Sarah. E sobre o retorno à infância. Um pacote de *taralli*, uma caneta. Escrever, escrever. Coloco todos os dias a mesma blusa, a mesma calça, para que vestir outra coisa? O canto dos passarinhos triestinos. Olha aí, um bom título de romance. O canto dos pássaros triestinos, o barulho dos telhados de zinco, os gritos das crianças que tomam o céu inteiro. Como em qualquer outro lugar e, no entanto, não é exatamente como em qualquer outro lugar. Como fazemos, precisamente? A vida modo de usar. A escrita ou a vida. Amo de morrer o sol que aquece minha coxa por debaixo do meu jeans e que me impede de ver com nitidez as páginas do caderno nas quais escrevo compulsivamente. Um romance das horas mortas no meio da tarde, em Trieste.

Quanto ao dono do Caffè Erica, acabamos por nos habituar à presença um do outro. Ele não diz nada, me cumprimenta acenando com a cabeça, sua cabeça careca, ele enxuga as mãos muito lentamente em sua eterna camiseta preta, volta para trás do seu minúsculo balcão para preparar um *Spritz* que ele me traz assoviando sempre a mesma melodia, uma melodia que já consigo reconhecer, mas que não me era familiar nas primeiras vezes. Quanto mais os dias passam, mais álcool ele coloca em meu *Spritz*, quanto mais os dias passam, mais ele me alimenta casualmente, como se soubesse que só como *taralli* e, raramente, nas melhores noites, *gnocchi* de espinafre. No começo, ele me trazia algumas azeitonas, e depois, uma noite, ele colocou diante de mim um pratinho com torradas e patê. Não gosto muito disso, mas fiquei comovida e devorei. No dia seguinte, lá estavam as azeitonas e o pratinho com duas pequenas torradas. Às vezes, são quase sanduíches de presunto italiano. Um dia, porque balbuciei que achava que era meu aniversário, ele me trouxe um minúsculo pedaço de bolo cremoso, um bolo saído sabe-se lá de onde, repugnante, com uma velinha velha que já veio enfiada nele. Ele assoviou a tradicional melodia enquanto colocava o bolo diante de mim, com meu *Spritz* de cortesia, e chorei. Nessa noite, voltei para casa mais bêbada do que nunca, não encontrava a porta do prédio do apartamento no alto da cidade, não conseguia apertar o botão do elevador antigo, então subi pela escada, subi os andares não sei muito bem como, a metade engatinhando, com uma vontade de gritar como um lobo em noite de lua, de gritar minha dor, minha solidão, minha loucura.

Um pesadelo. Caminho pelas ruas de Trieste, essas ruas que conheço tão bem, que percorro todos os dias. Minhas ruas. A caminhada por alamedas pavimentadas em meio a galhos dos quais emana um odor agradável, a pintora americana que toda manhã se instala na calçada no momento em que estou passando, que monta seu cavalete, organiza seus potinhos de tinta, sua paleta e, com seu chapéu de palha na cabeça, senta em sua cadeira de vime para pintar tudo enquanto conversa com os transeuntes, e adoro desacelerar o passo para escutá-la falando italiano com o delicioso som de seu sotaque da Louisiana, o jornaleiro que me cumprimenta sistematicamente, e o pequeno aviso que encontro uma manhã em sua vitrine informando que ele vai fechar sua loja, a igreja de baixo e as violetas que florescem pelo caminho que leva a ela, o comerciante de bicicletas com sua bela barba grisalha e seu assistente, que me paquera vagamente, os vizinhos que reconheço sem conhecer, o motoqueiro de olhos bonitos, a mãe morena da garotinha loira, o casal que sempre cruzo no *Spar*, a avó e seu cachorrinho, aquela que imagino ser a professora do jardim de infância e seu amor. Em uma parede, um cartaz atrai meu olhar. É um cartaz para um concerto do quarteto de Sarah, em Trieste. Olho a data, atordoada, leio três vezes o nome da cidade, o nome do quarteto, fixo meu olhar nos quatro rostos que conheço tão bem, e sobretudo no seu, seu rosto de morte. Não entendo como ela pode ter aceitado uma foto sua doente para o cartaz. Não entendo como ela pode deixar que todos a vejam assim, vejam que ela vai morrer, que ela está morta. Sua cabeça careca, sua tez amarelada e seu belo vestido longo e preto de concerto. Sigo meu caminho, o itinerário que faço todos os dias. Me dou conta de que a vinda do quarteto é o acontecimento do momento, de que há cartazes por toda parte. Seu rosto me olha a cada esquina. Chegando perto do mar, apresso o passo em direção a um muro no qual estão colados três cartazes um ao lado do outro, fico enlouquecida e agarro as pontas do primeiro cartaz, puxo com toda a força, o papel vacila e depois cede, um pedaço imenso permanece entre meus dedos, jogo no chão furiosamente e continuo, enfio meus dedos na parede de tijolos para arrancar mais e mais o papel pintado com seus sorrisos, rasgo seus instrumentos, um pedaço enorme de violoncelo, um pedaço enorme do elegante traje do violista, arranco de novo e de novo, travo uma luta implacável contra a parede, não percebo que minhas unhas estão cheias de lascas de cimento, que tem sangue na ponta dos meus dedos, que minha pele em carne viva deixa traços vermelhos sobre o papel recalcitrante, que um aglomerado de pessoas se formou em torno de mim, um homem me segura pela cintura, grita em italiano coisas que não entendo, não quero saber de nada, preciso acabar de arrancar seu rosto das paredes de Trieste, ela não tem nada a fazer aqui, ela não deve vir a esta cidade, primeiro porque é a minha cidade e depois porque ela está morta, ela não existe mais.

27

Algumas manhãs, acordo um pouco melhor, um pouco menos dolorida, quase de bom humor. Abro completamente a porta que dá para a varanda, para arejar o apartamento. Preparo um banho, vasculho os armários do banheiro para encontrar produtos cosméticos antigos, dos anos 1970, que coloco dentro da água da banheira para fazer de conta. Mergulho na água morna com o vago mau cheiro de perfumes antigos e permaneço nela por muito tempo, o corpo suspenso, finalmente um pouco tranquila. Dobro minhas pernas e enfio minha cabeça na água, meus cabelos formam uma cortina na superfície, não vejo mais o teto. Meus ouvidos se enchem de água e, finalmente, não ouço mais nada do mundo exterior. Ouço apenas o som do meu coração que bate, estou só comigo mesma. Respiro fundo antes de descer até o fundo da banheira, a cada vez me forço a passar mais tempo em apneia, a só abrir a cortina formada por meu cabelo para tomar ar no último momento, quando sinto de fato que meu coração fraqueja no fundo dos meus ouvidos, que ele não está mais tão obstinado, que ele parou de tocar seu metrônomo ridiculamente fiel. Adoro me sentir prestes a sufocar, sentir que a charmosa caixinha de música pode quebrar de repente, bastaria que eu me esforçasse um pouco, que ficasse apenas um pouquinho mais de baixo d'água, alguns segundos talvez seriam o bastante. Ah como seria chique, acabar aqui em meio aos vapores antiquados desses produtos de beleza sem data que pertenciam ao velho senhor. Uma morte aromatizada, sabor violeta, o que você acha, meu amor? Ei, estou falando com você, viu. Idiota.

Ao dono do Caffè Erica, balbucio em italiano que é de fato bizarro, esses uivos que às vezes escuto ao despertar, que me dão medo, que mesmo não acreditando tanto em fantasmas, tenho a impressão de que um espírito vem me visitar, e certamente enrubesço falando isso. Ele leva tempo para me entender, pois normalmente não nos dizemos nada, ele se contenta em trazer o pratinho com as torradas e o patê e eu de comê-los, depois deixo o dinheiro do *Spritz* sobre a mesa e levanto sem uma palavra, sinto seu olhar em minhas costas quando subo a rua que dá no apartamento no alto da cidade. Ele me pede pra ser mais específica, como é isso, esses uivos, mas não tenho vocabulário o suficiente para descrever o fenômeno então começo uivar, ahouuuuuuu aaaahouuuuuuu, ele me olha confuso, faz um segundo de silêncio e depois cai na risada, ele diz mas isso é o bora, querida, é o bora, e me explica, fala tudo em italiano, mas eu entendo, é como um milagre, *è la bora, piccola*, é o bora, o vento que enlouquece.

Organizo um pouco a cozinha. Designo tarefas a mim mesma, é preciso que as tardes passem, e à noite durmo cada vez menos, tenho vontade de ir ao estaleiro cada vez mais cedo. Não consigo mais tomar o café da manhã, mal abro os olhos e já tenho náuseas extremamente violentas, e a cada dia abro os olhos um pouco antes. Às vezes, ainda está escuro lá fora, sei que não vou conseguir voltar a dormir, permaneço deitada por horas, de costas, olhando o teto e escutando o uivo do vento, sei que não é o vento, mas você, Sarah, que grita contra o prédio, sei que você me encontrou e não me deixará em paz. Tenho medo de sair na varanda, e no entanto queria ver o dia nascendo em Trieste, queria ver o sol de repente iluminar o mar, que sai do anil para colocar seu vestido azul comum, seu vestido de todos os dias, queria contar os diferentes monumentos que conheço, escutar as primeiras persianas abrirem, contemplar tudo isso antes mesmo da chegada das gaivotas que me odeiam. Me adiantar aos pássaros, pronto, é isso o que eu queria. Mas seus uivos me prendem ao colchão podre do sofá-cama, você bate contra as janelas e eu me finjo de morta, não mexo um dedo, imito sua postura, naquela noite, em Lilas.

Uma manhã em que você não veio, quando o vento não me acordou às quatro da madrugada, decido organizar a cozinha. Não há muito o que organizar, mas espano um pouco com um paninho velho, coloco meus objetos preferidos no lugar, limpo a pia. Perto do aparelho de som, me deparo com o encarte do disco. Percebo que é um álbum duplo. Escuto sem parar *A truta* desde que cheguei aqui, pressiono automaticamente o botão que inicia a leitura do disco todas as manhãs ao despertar e todas as noites quando não chego bêbada demais, faz dias e dias que escuto duas vezes por dia o quinteto saltitante e não me dei conta de que havia um segundo disco no encarte. Eu o coloco para tocar. As primeiras notas se elevam. O som me deixa imediatamente em chamas. Reconheço essa melodia. É um quarteto de cordas. Sou tomada por tremores, meu corpo inteiro fica paralisado. Consigo recolocar o disco no encarte, meus olhos enlouquecidos buscam entre as linhas em italiano a menção a esse segundo disco que eu não havia visto da primeira vez. Está escrito. Como eu fiz para não perceber quando encontrei esse encarte na chegada? Está escrito, preto no branco, estou escutando um quarteto de cordas de Schubert.

Desço correndo, não consigo nem esperar o elevador antigo, literalmente me jogo nas escadas e depois na rua que desce, corro para fugir das notas musicais, para que elas finalmente acabem. Me enfio no Caffè Erica, cumprimento o dono com o aceno de cabeça de todas as noites, ele não me parece surpreso em me ver aqui tão cedo, na hora em que normalmente saio para minha peregrinação até o banquinho. Já eu, estou surpresa em ver pessoas no terraço de seu café, pois nunca há ninguém quando bebo meus *Spritz*, pessoas que parecem felizes e que tomam o café da manhã. Me sento, um pouco desgostosa porque meu lugar habitual foi tomado por um jovem casal de óculos de sol. O dono me pergunta café, *Spritz*, digo, *Spritz*, preciso beber ainda que a cidade mal tenha acordado, preciso beber para esquecer os primeiros acordes.

O quarteto se chama: *A Morte e a Donzela*.

Só mais tarde, muito mais tarde, quando já é quase meio-dia, sei disso porque as pessoas saem das lojas para almoçar, me dou conta da catástrofe. Roubaram minha bolsa. Não havia praticamente nada dentro, apenas minha carteira e algumas folhas com coisas que escrevi no banquinho azul pálido. O maço de cartões postais para Sarah está dentro do meu sutiã, as chaves do apartamento no alto da cidade no bolso do meu jeans. Mas não tenho mais carteira. Nem dinheiro, nem cartão de crédito. Me desespero. Incomodo as pessoas sentadas nas outras mesas, procuro com o olhar o ladrão, interpelo os transeuntes em francês, por acaso você viu minha bolsa, por favor, me ajudem, eu imploro. Começo a gritar, proferindo sons que nunca tinha escutado em minha boca, fico pensando que não poderei mais voltar para casa, que não poderei mais abraçar minha filhinha, respirar como uma drogada o aroma a um só tempo doce e salgado do seu pescoço, rever meus pais, tranquilizá-los, voltar ao colégio, para perto dos meus alunos. O cartão de crédito é meu passaporte para tudo isso, o objeto milagroso que pode me permitir, em um minuto ou dois, comprar uma passagem de avião, deixar Trieste, voltar à vida. O dono do Caffè Erica diz que vai me acompanhar à delegacia, vai me ajudar a prestar queixa, murmuro fraquinho que não, não vale a pena, não tenho forças para isso, não tenho forças para mais nada, ele insiste, diz que isso nunca lhe aconteceu, que ele me conhece bem agora, que se apegou a mim. Ele diz tudo isso numa mistura de francês com italiano, ao mesmo tempo em que afaga minha cabeça, e desabo chorando como uma criança entre seus braços fortes, encostada em sua camiseta preta na qual ele enxuga as mãos toda noite antes de servir meu *Spritz*, sinto seu cheiro de suor e de homem velho, tenho vontade de lhe contar tudo, desde o início, começando pela bruxaria dos olhos verdes de Sarah.

Não faço nada, permaneço inerte, o dia inteiro, sentada no terraço. Ele me traz *Spritz*, torradas com patê, a cada duas horas me propõe fechar seu bar e me acompanhar à delegacia, para prestar queixa, me recuso fazendo um sinal com a cabeça, ele me afaga os cabelos, me traz lenços que uso para assoar o nariz com um barulho enorme, choro me queixando, choro em silêncio, sinto dores de tanto chorar, ele me traz mais *Spritz* e a bebida me sobe à cabeça, falo com Sarah, pare de olhar desse jeito, merda, se você acha que não estou envergonhada, eu estou morrendo de vergonha, fazendo essa cena no terraço do Caffè Erica, estou morrendo de vergonha, mas não sei mais o que fazer, não sei mais aonde ir, o estaleiro fica muito longe, estou super cansada, o apartamento no alto da cidade não dá mais, tem *A Morte e a Donzela* lá, então tá, ria, se quiser, pode rir, mas você escuta isso sem vacilar, essas poucas palavras, a morte e a donzela, já eu não, eu as escuto e dá vontade de me jogar da janela, de pular do parapeito da varanda, de executar o mais belo salto da minha vida, dá vontade de me unir, em um único movimento, ao céu de Trieste e ao mar triste.

/

Acabo dizendo não obrigada a um último Spritz e me decidindo a voltar para o apartamento no alto da cidade. O dono do Caffè Erica diz que com certeza ele me oferece como cortesia tudo que consumi durante o dia, e que posso continuar passando toda noite como antes para o *Spritz* da noite enquanto encontro uma solução, que posso pagar depois. Ele escreve seu número de telefone na ponta de uma nota no momento em que só estamos nós dois, no momento em que ele conta o faturamento do dia, exatamente como todos os dias em que eu o vejo fazendo isso, exatamente igual, com um jeito completamente abatido. Apavorada, giro a chave na fechadura, esperando que o disco tenha parado. Decido não abrir o sofá-cama e dormir na cama do avô de Lisa, no quarto kitsch e rosa, no quarto de luxo com uma imensa janela redonda. Desmorono na cama, me surpreendo ao sentir meu corpo se afundar no colchão macio. Saboreio o conforto de estar como que em um ninho, de repente. Me sinto abraçada por esta cama imensa, aninhada neste quarto quentinho, perdida. Não quero mais me mexer. As paredes oscilam um pouco, os motivos naïfs da estampa *toile de Jouy* dançam sob meus olhos, tenho vontade de vomitar, mas meu corpo está tão bem que não consigo levantar, fecho os olhos, tento respirar devagar, acalmar a dança macabra dos pastores e pastoras nas paredes e no teto, acalmar a voz de Sarah que escuto em minha cabeça e que pergunta quem é a morte e a donzela, hein, quem é, é você ou sou eu?

O bora é um vento catabático, produzido pelo peso de uma massa de ar frio que desce de uma elevação geográfica. É um vento violento que se precipita sobre a cidade de Trieste em direção ao Golfo de Veneza. Ele se origina de um fluxo de ar frio formado no inverno, na altura da Eslovênia, que desce velozmente as encostas dos relevos costeiros, com uma velocidade média de 50 a 80 km/h e rajadas que comumente atingem 180km/h em Trieste. A palavra bora vem de Bóreas, o deus que, na mitologia grega, é a personificação do vento do norte. Podemos chamá-lo de *borin* quando ele é mais fraco, suave, de *boron* quando ele é um pouco mais forte, *borazza* quando é muito violento, *bora chiara,* bora claro, quando sopra em um dia sereno e *bora scura*, bora escuro, se sopra em um dia de céu nublado. Stendhal, que foi cônsul em Trieste, escreveu: "Eu o chamo de grande vento quando ficamos constantemente preocupados em segurar o chapéu e de bora quando receamos quebrar o braço". Em 1830, ele soprou tão forte que houve, em Trieste, vinte fraturas de pernas e braços. Há cordas espalhadas por diversos locais da cidade, nos cantos das ruas, para que os transeuntes dobrem as esquinas com mais facilidade, segurando-se nelas. Para que consigam se manter em pé.

29

Na banheira de ladrilhos brancos, na manhã do dia seguinte, massageio longamente cada parte do meu corpo, tentando dar vida aos meus membros mortos, que estão como mortos. Recito em voz alta as tabuadas de multiplicar, me enrolo quando chega na do três, tento as fábulas de La Fontaine, busco me apegar às coisas que conheço. Tenho medo de mim mesma. Queria lembrar o que aconteceu naquela noite, em Lilas. Sei que fizemos amor, isso o.k., mas e depois. De novo tenho em mim o cheiro de sangue que me segue por todo lado. Parece que o aparelho de som começa a funcionar sozinho e ecoa por todo canto do apartamento *A Morte e a Donzela*. Não consigo sair do banho para verificar. Não sei o que fazer. A custo de um esforço sobre-humano, saio da água cheirando a violetas, me seco, enfio meus jeans e minha blusa, sempre os mesmos, e desço até o banquinho azul pálido. Estou esgotada. Adormeço imediatamente, deitada sobre o banco, meu último refúgio, meu esconderijo no esconderijo, minha fuga na fuga.

O caminho de volta é mais desafiador do que nunca. No supermercado *Spar*, dou de cara com o vendedor que me conhece bem e que me cumprimenta, eu o cumprimento também. Procuro com o olhar onde estão as câmeras de segurança. Pela primeira vez, não vou comprar nada, tenho medo de que ele desconfie de algo, ele que há uma eternidade ou quase isso me vê comprar, a cada dois dias, exatamente a mesma coisa. Suco de toranja, *gnocchi* de espinafre, iogurtes de mirtilo. Dizem que algumas mulheres têm desejos de gravidez, ao que parece tenho desejos de tristeza. Quando sou capaz de comer alguma coisa, são essas as únicas comidas que consigo engolir. Dou voltas nas seções do mercado, não sei muito bem como me comportar. Dou uma olhada no entorno e deslizo para o bolso do meu casaco cinza um pacote de *gnocchi*. Saio cumprimentando em francês, morta de vergonha, acho que ele vai me desmascarar ali mesmo, antes do habitual *arrivederci*. Mas o caixa não diz nada, ele se contenta em sorrir, penso comigo mesma que é de uma facilidade desconcertante, e depois, para me sentir um pouco melhor, penso que não tenho escolha no momento, agora que não tenho mais dinheiro. Ainda assim, quando chego na rua, começo a correr, passo na frente do Caffè Erica sem parar, estou tão envergonhada que sinto meu estômago queimando, meu corpo inteiro queimando.

Os dias seguintes passam num piscar de olhos. Estou feito uma velha, levo mais da metade do dia para chegar ao meu banquinho, e, estando lá, mergulho em um sono profundo. Quando volto, é quase noite, cometo o furto no *Spar* e não paro mais no Caffè, volto ao apartamento, o corpo quebrado por uma dor generalizada que não sei explicar. Tenho calafrios de febre. Dores de cabeça que são de bater com o crânio na parede. Tento escrever um pouco, algumas palavras por dia, para manter a mente lúcida. Mas não lembro de nada, não consigo mais dizer em que dia estamos, em que mês estamos. O rosto da minha filha vai pouco a pouco se apagando da minha memória. Não vejo mais nada, a não ser os seios de Sarah, seus seios tão bonitos e tão doentes que vão matá-la, que me fizeram matá-la, e, acima dos seios, os olhos de Sarah, seus olhos de serpente, e depois sua silhueta de morte coroada de magnólias.

O quarteto em *ré* menor intitulado *A Morte e a Donzela* foi escrito por Franz Schubert em março de 1824. Ele apenas foi publicado após sua morte. A execução do quarteto dura cerca de quarenta minutos. Ele é composto por quatro movimentos: *allegro, andante com moto, scherzo* e *presto*. O segundo movimento, o *andante*, é uma série de cinco variações do tema extraído de um *lied* escrito para voz e piano em 1817. A letra desse *lied*, em alemão, provém de um poema de Matthias Claudius.

A DONZELA
Vá embora! Ah! Vá embora!
Desapareça, odioso esqueleto!
Sou ainda jovem, vá embora!
E não me toques!

A MORTE
Dê-me tua mão, delicada e bela criatura!
Sou tua amiga, não tens nada a temer.
Deixa-te levar! Não tenhas medo,
Vem tranquilamente dormir em meus braços!

Lembro como era sua voz ao telefone quando ela estava longe, em outro país, em outra cidade. Quão doce era saber que ela existe; ter a *prova*. É só nisso que penso. Nos vestígios, nas provas, no corpo. Ainda nos corpos. Mas sobretudo, sobretudo, no *tangível*. Naquilo que se pode tocar enquanto é ainda possível. Pegar, acariciar, arranhar; enquanto é ainda possível.

Calafrios, o tempo todo, basta me mexer um pouco. Então não me mexo mais, é muito simples, não me mexo mais. Me abstenho do trajeto cotidiano até o banquinho azul pálido.

Me abstenho dos *Spritz* no Caffè Erica, me abstenho do *Spar*, dos iogurtes de mirtilo roubados quando o caixa desvia o olhar. Me abstenho da vida. Sinto frio, sinto um frio imenso, e os banhos ferventes descascam minha pele sem me aquecer de fato. Eu me machuco constantemente, bato nas coisas, me corto de um modo estúpido e meu sangue jorra na parede branca, me arranho com minhas próprias unhas. Aparecem hematomas. Caio, dou com a cara no chão. Se ao menos eu pudesse quebrar a cara da minha estrela-guia, levemente, quem sabe, ou de quem quer que seja, na verdade. Marselha está um pouco longe, um pouco longe demais, ainda que eu pense todo dia em meu assombro diante de todo aquele mar e toda aquela luz, quando ainda não sabia que ela iria morrer.

Me tranco no quarto, o quarto rosa do velho senhor romântico, o quarto de senhora vaidosa, ainda que provavelmente ele nunca tenha tido uma senhora, o quarto de janela redonda com o grande espelho dourado. Sinto dores, tantas dores, dores em todo o corpo. Todo movimento é doído.

Deitada na cama, encolhida, na parte mais mole do colchão, espero. Não tenho mais forças para levantar, acabou. As horas passam, sei pela luz que diminui e depois reaparece. Uma noite. Faço xixi nas calças. Não tenho mais forças para ir ao banheiro. Estou com os olhos fechados, a boca seca, bastante seca, e o gosto do sangue nos lábios. Duas noites. Não ouço mais as rajadas do bora, o vento louco, o barulho da rua, as palavras italianas, os pneus dos carros que derrapam na subida. Escuto apenas o disco de Schubert que parece continuar rodando na cozinha, repetidamente, incansavelmente, como se seu fantasma apertasse o *replay* assim que o quarteto acaba. Escuto apenas os batimentos do meu coração, em um ritmo que nunca senti, um compasso rápido, *con fuoco*. Pulsa em meus ouvidos, em meus punhos, pulsa em meu sexo e no fundo da minha garganta. Sou apenas uma pulsação, meu corpo inteiro marca o tempo, uma cadência alucinada, uma coisa de virtuose. Três noites, acho. Talvez o dia acabe nascendo. Tenho tanta sede. Não sinto mais dor alguma. Não sinto mais nada. Vejo apenas vermelho, por trás das minhas pálpebras fechadas, formas vermelhas que piscam no ritmo. Sístole, diástole, sístole, diástole, sístole, diástole, tudum tudum tudum, assim, mais rápido, tudummm, tudummm, tudummm, mais rápido, mais rápido, mais rápido, como uma melodia que se perde na penumbra.

© Editora NÓS, 2021
© Les Éditions de Minuit, 2018

Direção editorial SIMONE PAULINO
Projeto gráfico BLOCO GRÁFICO
Assistente de design STEPHANIE Y. SHU
Assistente editorial JOYCE DE ALMEIDA
Preparação LUISA TIEPPO
Revisão ERIKA NOGUEIRA, ALEX SENS
Produção gráfica LILIA GÓES

Imagem de capa: © Igor Ustynskyy, Getty Images.

*Texto atualizado segundo o novo
Acordo Ortográfico da Língua Portuguesa.*

Dados Internacionais de Catalogação na Publicação (CIP)
de acordo com o ISBD

D331s
Delabroy-Allard, Pauline
    Sarah é isso / Pauline Delabroy-Allard
    Título original: *Ça raconte Sarah*
    Tradução: Raquel Camargo
    São Paulo: Editora Nós, 2021
    144 pp.

ISBN 978-65-86135-01-5

1. Literatura francesa. 2. Romance.
I. Camargo, Raquel II. Título.

CDD 843, CDU 821.133.1-31

Índices para catálogo sistemático:
1. Literatura francesa: Romance 843
2. Literatura francesa: Romance 821.133.1-31

Elaborado por Odilio Hilario Moreira Junior, CRB-8/9949

Todos os direitos desta edição
reservados à Editora NÓS
www.editoranos.com.br

Fonte BELY
Papel PÓLEN SOFT 80 g/m²
Impressão PIGMA

INSTITUT FRANÇAIS

Liberté • Égalité • Fraternité
RÉPUBLIQUE FRANÇAISE

AMBASSADE DE FRANCE
AU BRÉSIL

Cet ouvrage a bénéficié du soutien des Programmes
d'aides à la publication de l'Institut Français.
Este livro contou com o apoio à publicação do Institut Français.

A tradutora agradece ao coletivo literário *Les Leïlas*,
por meio do qual teve o primeiro contato com o
Ça raconte Sarah [*Sarah é isso*], e com quem pôde discutir
e compartilhar momentos deliciosos desse romance.
　　Agradece, em particular, a Mayara Nahime
pela leitura atenciosa e afetiva desta tradução,
pelos comentários, sugestões e por toda a importante
interlocução durante o processo tradutório.